KB121502

쓰다 보니 나를 만났습니다

김묘진 박정은 서수경 윤연중 정은경 최은영

쓰다 보니
나를
만났습니다

Purpleship

열정 가득한 엄작 3기의
새로운 날들을 응원하며

'엄마의 행복'을 주제로 2020년 8월부터 엄마 작가들의 북토크, 〈엄마 작가가 되다〉가 카페 하스카에서 시작되었다. 시간이 흘러 22년 4월, 프로젝트 〈엄마 작가가 되다 시즌 2〉가 시작되었다. 이 프로젝트는 3개월간 매주 한 번씩 여섯 분의 작가가 된 엄마들을 초대해서 북토크 강연을 열고, 작가가 되고 싶은 엄마들이 독립출판을 통해서 작가가 되어 보는 과정이다.

문화기획자로 카페에서 엄마들을 위한 북토크를 기획하고, 〈엄마 작가가 되다 시즌 2〉 1기 공저자로 참여하며 책 제작과 유통까지 직접 진행해 보았다. 참여자들에게 내가 경험했던 '공저 책쓰기' 프로젝트를 통한 성취감과 자존감 회복을 알려 주고 싶었다. 〈엄마 작가가 되다 시즌 2〉 2기(이하 '엄작2기')는 같은 해 10월부터 시작해

12월 출간 작업을 마치고, 겨울 방학 동안 홍보와 마케팅 활동을 펼치며 책을 널리 알리고 있었다. 그들의 마케팅 활동이 한창 돋보이던 시점, 엄작 3기 참여자들이 한 명 두 명 모였다.

창업 교육에서 만나 친밀해진 최은영 님. 엄작 2기의 서포터즈로 활동해 주며 옆에서 응원과 지지를 아끼지 않았다. 엄작의 활동을 가장 가까이에서 지켜보다가 그 가능성을 믿고 신청했다. 숨겨둔 끼와 능력이 많은 그녀는 분명 이번 출간을 통해, 자신을 만나고 다시금 날아오를 것이다.

올해 2월 <독립출판으로 독립하기> 재능 기부 강연을 통해 다시 만나게 된 서수경 님. 그녀는 항상 수줍게 자신을 감추곤 했지만 내재 된 끼가 다분해 보이고 자기계발 욕구가 굉장히 강했다. 네이버 블로그 공고를 보고 망설임 없이 신청한 김묘진 님. 과거 아들에게 책쓰는 것을 약속했던 기억과 함께 엄작 프로젝트에 참여하면 책이 꼭 나올 것 같아 신청했다고 자기 소개에서 말했다. 그녀 역시 코칭으로 새롭게 창업을 준비하고 있던 인재이다.

2월 새롭게 기획했던 <여성 창업가, 작가가 되다>로 인연이 연결된 정은경 님. 동탄에서 카페 에센츠를 운영하며 넘쳐나는 재능을 주체하지 못해 고민하던 중, 그동안 일했던 다양한 경험과 열정을 정리해 또 다른 성장으로 나아가고자 하는 의지가 돋보였다.

마지막까지 함께 하는 것을 망설였지만 첫날 북토크 방문으로 끝까지 함께하게 된 윤연중 님. 과거 아나운서를 꿈꾸었던 마음이 여전히 아쉬워, 그 후회를 날려버리기 위해 글쓰기를 시작하셨다. 누구보다 경험이 많았고 글재주가 뛰어난 분이다.

카페 하스카에서 진행했던 꽃꽂이 클라스에서 만나, 내가 먼저 함께 일해보자고 제안했던 박정은 님. 그녀는 디자인을 전공했고 집도 가까웠기에 엄작 3기 서포터즈로 활동을 시작하며 함께 일해보기로 했었다. 하지만 3기의 자기 소개를 듣고 사람들이 너무 좋아 그 날 3기에 참여자로 마음을 바꾸었다. 글을 쓰며 자신도 몰랐던 글쓰기 재능을 찾은 그녀는 따뜻함과 동력이 내재된 사람이다.

이렇게 우연인 듯 필연인 듯 만나게 된 그녀들은 글을 쓰며 꼭꼭 숨겨두었던 자기 자신을 만나게 되었다.

첫 모임에서는 모두 어색하고 긴장감이 가득했다. '내가 여기 잘 왔는지, 이들과 함께 어떻게 공저를 마무리 지을지' 라는 미심쩍은 눈초리가 강했다. 그렇지만 두 번째, 세 번째 북토크가 지나고 매주 가졌던 합평 시간을 통해, 지난 과거의 이야기를 공감하며 서로를 향한 신뢰가 깊어졌다. 처음 가졌던 출간에 대한 의심이 확신으로 변했다.

여섯 꼭지의 글을 모두 완료한 후, 퇴고 시점이 되면 지루하고 끝없는 작업이 기다리고 있다. 처음 겪어 보는 과정을 함께한다는 것 자체로 서로를 믿고 의지하는 단단한 공동체로 성장해 나아간다.

이렇게 엄마들이 안전하게 성장할 수 있는 프로젝트를 꾸리며, 나 또한 1, 2, 3기 그들과 함께 또 다른 성장의 시간을 보냈다. 여전히 부족한 부분을 만날 때마다 이겨내 보려고 노력했다. 경력 단절의 시간으로 인해 원래 가지고 있던 재능은 사그라졌고, 긍정적 에너지 또한 완벽하게 돌아오지 않았다.

기획을 하는 것은 능숙했기에 겁 없이 시작하고 반복이 가능했지만, 프로젝트의 퀄리티를 높이기 위한 퇴고 과정이나 체계적인 팔로업 업무는 여전히 수월하지 않음을 느꼈다.

그러한 과정 또한 너그럽게 감싸주는 엄작 참여자들, 모두 우리는 엄마라는 공통된 이름을 가지고 있다.

세 번째 공저를 마무리하며 '결혼 후 출산과 육아의 과정을 거치며 우리 엄마들은 얼마나 사회에 다시 서고 싶었을까? ' 라고 느꼈다. 가까운 관계일수록 엄마들의 돌봄과 육아를 당연하다 여기는 분위기가 속상할 뿐이었다. 그러한 환경에서 재능이 넘치는 엄마들이라면 고민을 하지 않을 수 없었다. 하지만 자신이 원하는 일로 다시 서고 싶었기에 우리 모두는 끝까지 노력했고, 서로의 마음을 충분히 이해했다. 그렇게 글쓰기를 통해 자기 자신과 한 발짝 가까워지는 경험을 했다. 그들은 지속해 새로운 도전과 성장을 무한 반복할 수 있는 궤도에 스스로 진입하게 되었다.

엄작 3기의 작가님들은 책이 나온 후, 또 다른 세상을 경험할 것이다. 엄마에 머물지 않고 자신의 포지셔닝을 분명히 할 것을 기대한다. 1기보다 2기, 2기보다 3기의 작가님들은 더 잘하실 거라 믿어 의심치 않는다.

"엄삭 3기 여섯 명의 작가님들의 출간을 기념하고 응원합니다. 여러분의 내일은 오늘보다 훨씬 밝고 빛날 것입니다."

23년 5월 말,
'엄마, 작가가 되다' 기획자 장효선

차례

김묘진　내 꽃길은 내가 만든다

박정은　사는 것이 재미없다던 그때의 나에게

서수경　42살에 애를 낳았습니다

내 꽃길은 내가 만든다

김묘진

결혼, 육아, 퇴사를 계기로 고민과 성장의 시간을 지나
일상과 인생의 꽃길을 가꾸는 호기심 많은 평화주의자
KPC코치이자 일상코칭서비스 findobeit.com 운영중

질문 없던 아이가 어른이 되면

"넌 어렸을 때 정말 안 울었어. 자다 깨도 울지 않고 배고 프다고도 울지 않고. 오죽하면 집안일을 한참 하다가 놀 라면서 자는 애 코끝에 손을 다 대 봤겠니?"

그렇게 갓난아이 때부터 울지 않았던 아이는 커서 질문 을 하지 않는 아이가 되었다. 앞에 나서는 것이 부끄러워 서가 아니었다. '누가 대답해 볼까?' 선생님 말씀에는 번 쩍번쩍 손만 잘 들었다.

책에서 그렇다고 하니 그런가 보다, 선생님이 그렇다 고 하니 그런가 보다 하며 넙죽넙죽 잘 받아들였을 뿐이 다. 질문은 없었고 답은 잘 찾았다. 무엇이든 잘 받아들이 는 사람 입장에서는 책이나 학교 공부는 흥미로운 먹잇감 이었다. 새로운 것을 배울 때는 받아들이기만 해도 되니 까 마냥 재미있었다. 울지 않던 '순둥이'는 공부를 왜 해 야 하냐는 투정 없이 알아서 공부하는 '범생이'가 되었

내 꽃길은 내가 만든다

다. 어른들은 알아서 공부하는 아이에게 칭찬과 격려를 해주면 되었지 굳이 무엇을 위해 공부하냐고 질문할 필요가 없었다.

사회도 별반 다르지 않았다. 해야 할 일을 그것도 신나게 하는 구성원에게 넌 무엇을 위해 일을 하냐고 질문하지 않았다.

공부나 일은 다른 사람이 만든 질문에 답을 하는 과정이다. 다른 사람의 질문에 답을 잘 해왔다. 그러나 나 스스로 질문은 만들지 않았다. 당장의 문제가 없다고 생각했고, 나중에 문제가 되겠다고 생각하지 않았다. 나는 잘 받아들이는 사람이고, 스트레스도 잘 안 받으며 이것이 괜찮은 줄 알았다. 이게 '헛똑똑이'라는 것을 알게 된 건 결혼과 출산을 하고 나서였다.

'○○를 글로 배웠어요'라는 한때의 유행어처럼 이론은 빠삭했다. 동화에서는 공주와 왕자가 만나 행복하게 살았거나 소설에서는 주인공이 기구한 운명을 헤쳐 나가곤 했다. 보통의 사람이 보통의 삶을 살아가는 이야기는 사람들의 입에 오르내릴 정도로 흥미롭지 않으니 내 귀까지 닿진 않았다.

'내가 동화 속 공주가 아니어서 인가, 저 사람이 왕자가 아니어서인가?'

'나는 힘들지만 남이 보기엔 괜찮을 수도 있잖아?'

'전생에 나라를 팔았나? 뭐가 어디서부터 잘못된 거지?'

그동안 질문 없이 살다가 질문이 폭발하니까 정신을 차릴 수가 없었다. 조용히 속으로 힘들었다. 남의 질문에는 잘하던 답을 내 질문에는 답하질 못했다. 질문이 좋아야 답도 좋다는데 질문이 없던 나는 좋은 질문이라는 것도 몰랐다. 당연히 멀쩡한 답은 나올 수 없었다.

잘 받아들인다는 것은 질문을 없애버리기도 했지만, 다행히 그다음을 볼 수 있게 해주었다. 수렁에서 빠져나오기 위해 힘을 덜 들이고 할 수 있는 것, 내가 잘하는 것을 했다. 30년 넘게 다른 삶을 살다가 결혼으로 엮인다는 것, 아이를 낳고 기른다는 것은 이런 것이구나. 받아들이기.

공부니 일은 아니다 싶으면 학교에 다시 들어가거나 직장을 옮기면 된다. 오히려 도전하는 자가 되고, 업그레이드된 경력을 밑받침 삼아 새롭게 출발할 수 있다. 그러나 결혼과 출산은 횟수가 많아진다고 그렇게 될 일은 아니지 않는가. 더구나 결혼과 출산은 공부와 일과 같이 남이 해주는 질문으로는 해결될 일이 아니었다.

받아들이고 나니 질문이 바뀌었다.

'이다음은 어떻게 해야 하지?'

내 꽃길은 내가 만든다

과거를 향하고 있던 질문의 방향이 미래를 향했다. 그리고 나에게 나의 이야기를 하나씩 해주면서 나는 누구인가, 나는 어떻게 살아야 하나 질문하고 답을 찾으려고 했다. 그 전엔 사는 데 이렇게 많은 질문이 필요하다는 것을 몰랐다. '손이 안 간다, 알아서 잘한다'는 것으로 주체적이고 독립적인 사람이라 생각했던 것은 큰 착각이었다. 스스로 서기 위해서는 수많은 질문이 동반될 수밖에 없으며 남의 질문이 아닌 나의 질문이어야 했다.

아이가 한참 빠져있던 포켓몬에는 진화라는 개념이 있다. 특정 조건이 되면 포켓몬이 상위 포켓몬으로 업그레이드하는 것을 말한다. 주인공 포켓몬인 피카츄는 피츄에서 진화하였고 라이츄로 진화하며 강해진다. 아이 책상 밑 박스에 비닐로 하나씩 쌓여 있는 포켓몬 카드를 보다가 피식 웃음이 나왔다. '순둥이', '범생이', '헛똑똑이'가 이제야 진화하는구나 싶었다. 나의 다음 진화 단계는 '독립인간'으로 이름 지었다.

독립인간이라면 어디서든 지시를 잘 따르고 공부든 일이든 주어진 것을 해내는 충실하기만 한 구성원은 아닐 것이다. 문제가 생겼을 때 누가 뭐라고 하지 않았음에도 내 탓이려니 꾹꾹 누르지 않을 것이다.

남들의 기준에만 맞추지 말고 자신의 기준을 찾고 지킬

줄 알기. 도움받아야 한다면 물어도 보고 요청도 하기. 질문을 슬기롭게 사용하며 나와 나를 둘러싼 주변까지 더 나아지게 하기. 그리고 내 꽃길은 내가 만들기. 이것을 나의 다음 진화 모습으로 삼기로 했다.

자라는 아이를 보면서도 엄마로서 아이가 자신에게 질문을 던질 기회를 놓치게 하지 않나 돌아본다. 당연하게 여기는 것들에도 질문을 할 수 있는 사람으로 자라, 용기 있게 답을 찾아 떠날 수 있길 바란다. '나는 못 했지만 너는 해야지' 같은 못난 이야기를 할 수 없기에 다시 한번 내가 잘하는 것에서 시작한다. 지금을 받아들이기, 그리고 다음을 향해 질문하기.

"그렇다면 내 꽃길은 무엇일까?"

'제때'로 맞은 뒤통수

"많은 거 바라지 않아. 보통으로 살고 싶어."

"중간이면 되지, 평균 정도가 좋아."

과연 보통, 평균, 중간으로 산다는 것은 무엇일까? 겸손과 욕심 없음의 사이 어디쯤으로 보일 수 있다. 그러나 나에게는 하나의 점에 나를 가두는 한계를 의미했다.

그 하나의 점은 '시기'였다. 남들도 기대하는 보통의 시기. 그 '때'를 맞추는 것은 적지 않은 노력이 필요했다. 비록 남들의 기준일지라도 얻는 것은 있었다. 누구라도 빠르다 늦었다 말하지 않고 '제때'에 했다고 인정한다는 것이다. 나 자신도 진학, 졸업, 취업은 제때 한 것만으로도 잘했다고 느끼게 해주었다.

재수하지 않고 진학했다. 첫 이과 고3을 맡은 담임선생님의 대입 진학 실적이 매우 중요했던 해였다. 주는 대로

받았던 빼도 박도 못하는 특차 원서를 내고 보니 수능점
수가 공중 2회전을 돌고도 남았다. 그러나 때에 벗어나는
재수는 선택지에 없었기 때문에 졸업식 아침까지도 몰래
눈물만 흘리고 마음을 정리했다.

휴학 없이 졸업 전에 취업했다. 이력서를 보고 먼저 연
락을 해왔고 가능한 빨리 출근할 수 있냐는 말에 기말시
험 다음날부터 갈 수 있다고 대답했다. 그전까지 있는 줄
도 모르던 회사였지만 취업이 어렵다는데 때를 놓칠세라,
대학의 마지막 방학도 버리고 첫 사회생활을 시작했다.

조금씩 쌓여가는 아쉬움이 있긴 해도 적어도 제때를 맞
췄으니까 비교적 성공적이라고 생각했다.

내가 20대였던 시절에는 골드미스가 웬 말인가? 오직
때가 맞았나 늦었나를 구분하는 노처녀밖에 없었다. 비혼
은 또 어떤가? 미혼이거나 기혼으로 나뉠 뿐이었다.

'신기하게도 정말 때가 되니 이렇게도 만나 인연이 되는
구나.' 싶게 그 당시 내 기준에 노처녀가 되기 직전에 만
나 다음 해 봄, 서른 살에 결혼했다. 진학, 졸업, 취업에 이
어 결혼뿐만 아니라 그다음 해 출산까지 흔히 말하는 '제
때'를 벗어난 것은 없었다.

마치 조이스틱이 달린 오락실 테트리스를 처음 해봤을

내 꽃길은 내가 만든다

때의 쾌감이랄까. 긴 막대가 나오기만을 기다리며 튀어나온 곳 없이 차곡차곡 쌓아둔다. 때마침 내려오는 긴 막대 블록을 길게 비워둔 자리에 세워 넣는다. 쌓아두었던 블록이 깨지며 통쾌하게 게임이 마무리되듯 제때는 착착 맞춰졌다. 여기까지 오는 동안 문제는 없었다.

　때를 맞추고 문제가 없었다는 건 혼자만의 계획이라는 한정된 실험의 결과였다. 나 이외 사람과의 관계가 전제되는 결혼, 출산부터는 제때를 맞췄다는 것만으로는 성공을 가늠할 수 없었다. 맞춰 나가야 할 중요한 것들이 더 많았다.

　신혼여행에서 돌아온 지 며칠 되지 않은 날이었다. 하루 종일 집에 있으면서 물을 한 모금도 마시지 않는 나를 보며 인간이 이렇게 물을 안 마실 수 있는지 확인한 남편은 매우 놀라워했다. 난 목이 마를 때 마시고 싶었지만, 눈이 마주칠 때마다 물을 마시라고 하는 통에 싸움이 났다. 귀가 시간을 알아서 하라고 하니까 자기 마음대로 해서 과연 '알아서'의 기준은 무엇인가를 가지고도 싸웠다.

　고소한 깨가 아닌 서로를 지지고 볶았지만, 결혼한 이상 늦지 않게 출산해야 한다는 기준은 서로 '제때'가 맞았다.

'나중에 결혼하면 애 셋은 낳아야지.'라며 육아의 이응도 모르던 새파란 20대 시절의 기억 때문이었을까? 귀여운 새끼 호랑이 세 마리가 품에 쏙 안기는 태몽을 꾸며 임신테스트기의 두 줄을 확인했다.

다 큰 어른과도 맞추기 어려운데 아이와 타이밍을 맞춘다는 것은 또 다른 세계였다. 출산일이 2주 당겨지는 것을 시작으로 육아에 제대로 된 '때'라는 것은 없었다. 아이는 내가 밥 한술 뜨면 깼다. 기저귀는 갈기 어려울 때 묵직해졌다. 깊은 잠을 확인하고 욕실에 들어가 샤워기의 물을 맞으면 울음이 시작되곤 했다.

말귀를 알아듣는다고 아이가 나의 때에 맞출 수 있을 것이라는 기대는 하지 말았어야 했다. 울지 않고 양치를 할 수 있어야 할 때라고 생각했지만 1년 반이 지난 후에 이루어지는 식이었다. 본격적으로 아이가 공부하기 시작하면 '때'라는 것은 거의 무용지물이었다.

그러면서 알게 되었다. 다른 사람들의 때가 나의 때가 아니듯, 나의 때가 아이의 때가 아니라는 것을. 나의 때에 맞춘다며 끌고 간다면 그 끝은 어떻게 될까? 아이만의 때가 있고 그걸 인정하고 존중해 주기로 했다. 어떤 '시기'뿐만 아니라 모든 것이 그래야 했다.

내 꽃길은 내가 만든다

'나는 나고, 너는 너구나. 나의 아이가 아니라 오롯이 너 그 자체구나.'

만약 남들이 말하는 시기 대신 내가 준비된 시기를 제때라고 생각했다면 어땠을까 상상해 본다. 장고 끝에 악수 둔다고 결혼을 안 하거나 못 했을지도 모른다. 내 아이의 엄마가 되지 못했을지도 모르겠다.

때를 맞추느라 내가 잃은 것이 있을까? 누가 멱살을 잡아끌었을까? 모든 것이 나의 선택이었다.

다른 중요한 것들을 미처 예상하지 못하고 준비하지 못한 것이 아쉬울 뿐, 중요하다고 생각했던 모든 때가 들어맞았으니 오히려 감사해야 할 일이다.

나, 가족이 아니면서 가장 가까운 타인인 남편, 그리고 그 사이에서 얻은 아이에 대한 이해와 성찰의 과정이었다. 더불어 결혼과 출산, 육아를 거치며 사람과 삶에 대한 관심도 커졌다.

다시 처음으로 돌아가서 다른 선택을 할 것이냐고 묻는다면 망설임 없이 '노땡큐'다. 단단해진 지금이 마음에 든다. 다양한 색이 채워지고 있는 지금이 다채롭다. 그리고 이런 과정을 지나야만 얻을 수 있었던 소중한 것들을 잃고 싶지 않으니까.

다만 미처 예상하지 못하고 준비하지 못하는 상황을 반복하지 않기 위해 질문을 해본다.

"이것은 나에게 어떤 의미가 있지? 이 상황에서 내가 중요하게 생각하고 있는 것은 무엇일까? 놓치고 있는 것은 없을까?"

내 꽃길은 내가 만든다

재미 ∩ 의미 ∩ 가치 = 일

1년에 한 번 받는 안과 검진. 기계 앞에 구부정하게 앉아 시키는 대로 받침대에 턱을 대고 쏟아지는 밝은 빛 앞에서 눈을 크게 떠본다. 시력 교정 이후 매년 검사를 받아 익숙한 과정이었다.

"하루 종일 컴퓨터 보시죠? 중간중간 눈을 쉬어주세요."

처방전을 입력하시는 의사 선생님의 질문에 티는 내지 않았지만 당황했다. 지난 방문 때는 하루 종일 컴퓨터를 보던 게 맞았다. 그러나 이번 검진일은 회사를 그만둔 지채 한 달이 되지 않았을 때였다. 나는 어물쩍 대답했다.

"아, 네, 뭐 그렇죠…."

검진을 마치고 집으로 오는 길에 곰곰이 생각해 봤다. 매번 들었던 질문에 나는 왜 당황한 걸까?

좋아하는 일을 했고 마지막 직장도 좋아했기 때문에 일

의 끝에 대해 진지하게 생각해 보지 않았다. 그러던 중에 나의 건강, 딸의 일을 위해 딸의 아이를 봐주시던 엄마의 건강, 이렇게 두 엄마의 건강이 무너지며 나의 '일'이 끝났다. 회사를 그만두는 시기가 이렇게 올 줄은 예상하지 못했다.

건강과 육아를 위한 시간이 필요할 뿐 일이 싫다거나 하지 않겠다는 것은 아니었다. 삶의 변화에 유연하지 못했던 나의 '일'은 뚝 부러지듯 나에게서 떨어져 나갔다.

그날 안과 방문은 시력이 1.0까지 보인다는 것뿐만 아니라 내가 일을 어떻게 보고 있는가를 생각하게 해주었다.

나에게 일이란 어떤 의미였을까?

학생이 공부하듯, 배움이 끝난 성인은 일을 한다. 새로운 것을 알게 되는 과정을 좋아하니 공부하는 것이 좋았고, 일도 마찬가지였다. 학과 홈페이지를 관리하는 동아리에 들어갔다가 내가 무엇을 좋아하는지 알게 되었고 좋아하는 일을 선택했다. 일하는 것이 좋았으니 열심히 했다.

나에게 일은 '9 to 6'로 출근할 수 있는 직장에 소속된다는 것이었다. 그러니 출근하지 않는다는 것은 일이 없어진다는 것과 같았다.

퇴사일을 받아둔 직장인이 받는 팁이라고는 '마이너스 통장을 만들라는 것' 뿐이었다. 퇴사 이후가 어떻게 될 것이라는 힌트는 없었다.

　이미 '일'은 없어진 상태였고 이전과 같은 직장생활은 없겠다 싶은 담담한 확신이 들어 재취업이란 카드는 가지고 있지 않았다. 직장을 다니지 않는다고 하더라도 무언가를 하지 않고 평생을 산다는 것은 상상이 되지 않았다.

　'나는 일이 없이 살 수 있는 사람인가?'

　9 to 6 출근의 멈춤이 내 인생에서의 일의 종료를 의미하게 둘 수는 없었다.

　그렇다면 이제 어떤 일을 하면서 살아야 하는지 궁금해졌다. 궁금하면 돈이 든다. 비어버린 마음의 공간을 채워줄 것을 찾기 시작했다. 좋아하는 것을 한다는 면만 본다면 취미도 전에 일에서 느꼈던 것과 마찬가지가 아니겠는가. 게다가 일하며 아이 키우느라 여유가 없어 쪼그라든 취미 주머니는 퇴사와 함께 부풀어 오를 준비가 되어 있었다.

　신나게 취미 주머니를 채워갔다. 필라테스, 요가, 걷기 등의 운동, 만년필 필사, 사진과 출사, 피아노 연주, 그림 그리기, 도서관에서 내내 책 읽기, 각종 강의 듣기, 소소한 자격증 따기 등. 취미 주머니는 회사 다닐 때와 비교가 안 되게 빨리 채워져 찰랑거리는 데 마음에 생긴 공간은 조금 채워질 뿐이었다. 몇 종류는 깊이 있게 해봤는데도

재미 ∩ 의미 ∩ 가치 = 일　　　　　　　　　　　　　29

불구하고 결과는 비슷했다. 회사 다니며 시간을 쪼개 취미활동을 할 때보다 많은 양에도 불구하고 채워지지 않은 부분이 있었다.

재미있게 시간을 보내는 것 그다음이 없었다. 취미가 있으면 삶의 질이 높아진다지만 취미만 가지고는 분명 한계가 있었다. 그래서 이번엔 방향을 180도 돌려보았다.

재미의 정반대 쪽엔 돈이 있었다. 요즘은 N잡이지만 그때는 온라인 투잡, 파이프라인, 패시브인컴 등의 키워드들을 찾아볼 수 있었다. 건물주 대신 온라인 건물주가 되면 적은 시간만 투자해도 광고수익을 얻을 수 있다고 했다. 납득이 되어야 뛰어들 수 있으니 열심히 들여다보았다. 실제로 그렇게 돈을 벌 수 있으며, 그렇게 버는 사람도 있지만 이것을 가르쳐주는 시장이 오히려 가장 커 보였다. 그 바닥의 선배(?)들은 아무리 얘기해도 실제로 하는 사람은 10%도 되지 않을 것이라며 실행을 강조했지만 난 90%에 들기로 했다.

나와 맞지 않다고 느꼈다. 내가 사고 싶지 않은 물건을 판매하거나 얕은 정보를 주면서 더 많은 광고 링크로 도배하는 것과 같은 인지부조화를 감당할 자신이 없었다. 오히려 돈이라는 것만 생각한다면 다른 방법도 있을 터였다. 이 방법엔 돈은 있을 수 있겠지만 나에겐 재미도 의미도 없었다.

　결국 재미, 의미 있는 과정, 가치가 모두 있어야 했다. 하나의 일에서 3가지를 모두 가질 수도 있고, 이 각각을 다른 활동에서 얻을 수도 있다. 어떤 시기엔 의미만 있을 수도, 재미만 있을 수도, 가치만 있을 수도 있겠지만 인생 전체로 본다면 총합을 채울 수 있지 않을까? 경력은 중단되고 육아에 집중할 수밖에 없는 시기에는 '의미'가 있다. 그리고 그 전에 월급이라는 '교환가치'가 컸던 시기를 지나오기도 했다. 일이든 육아든 취미든 '재미'를 얻는 순간도 있다. 하나에 집중된 시기가 영원할 것 같아도 반드시 끝이 있다. 그리고 무게 중심은 서로 옮겨가기도, 비율이나 조합이 바뀌기도 한다. 운이 좋다면 재미, 의미, 가치 3가지의 교집합 위에 머무를 수도 있을 것이다.

　이런 조건을 가진 것이 이제부터 하게 될 나의 일이라면어서 빨리 만나보고 싶어졌다.
　자, 그렇다면 이제 의미까지 찾아 교집합을 만드는 일이 남았다.
"내가 생각하는 일의 교집합을 어떻게 만들 수 있을까?"

설렘과 막연함의 주파수

워킹맘의 휴가는 집안 볼 일을 처리하기 위해 꼭꼭 숨겨 둔 쌈짓돈을 꺼내듯 소중히 사용한다. 특히 아이가 어리면 나만을 위한 휴가는 꿈도 꾸지 못한다. 14년의 직장생활의 마침표를 찍고 공식적으로 출근이 없는 첫날. 유치원 셔틀 배웅에 손을 흔들면서 이미 발걸음은 그곳을 향했다. 휴가가 아닌 날, 휴가라는 것이 더 이상 없는 자유인의 커피를 마시러. 한 모금을 입에 넣고는 깜짝 놀랐다. 기대와 달리 지금까지 먹었던 커피 중 제일 맛없는 커피였다. 늘 마시던 꿀맛 같은 커피는 어디로 갔을까? 그 커피의 맛은 이제 느낄 수 없는 것인가?

넘어진 김에 쉬어간다고 했다. 퇴사 후 한참을 실컷 넘어져 있었다. 몸 상태가 그럴 만했다. 몇 달 몸을 챙기고 나니 일하다 마시던 맛있는 커피가 마시고 싶어졌다.

내 꽃길은 내가 만든다

모든 직장인의 공감 드라마 미생의 유명한 대사가 있다. "회사 안은 전쟁터라고? 밖은 지옥이다."

회사에 들어가려면 나 그대로의 모습이 아닌 회사의 인재상에 나의 이력서를 맞춘다. 그러나 지옥에서 살아남으려면 내가 얼마나 버틸 수 있는지, 내가 가지고 있는 무기들은 무엇인지 알고 있어야 했다.

'지옥에서 버티리'라며 비장하게 시작하진 않았지만 돌이켜봤을 때 비장하지 않으면 늘어지고 비장하면 속도가 올라가곤 했다.

학교에서는 성적표가, 회사에서는 비전이든 KPI[1]든 그것만 보고 달려가면 되는 기준이 있었는데 무소속의 자유인에게는 그런 것이 없었다. 나 자신만의 것이 필요했다. 회사에서 하던 방법과 비슷하게 만들어 봤다. 매출 몇백억 달성하기라는 목표에 직원의 가슴이 떨리지 않듯 분명 내가 적은 목표인데도 감흥이 없고 거리감이 느껴졌다. 아무래도 이건 아닌 것 같았다. 도대체 무엇부터 해야 할지 보이지 않았다. 딱 하나 볼 수 있는 것은 바로 '나'였다.

나에 대해 알아가기 위해 우선 책에서 시작했다. 좋아하

---

1 Key Performance Indicator의 약자로 핵심성과지표를 의미한다. 조직의 특정 측면의 성과를 측정하고 평가하기 위해 사용한다.

는 것을 찾아 적어보라고 해서 적어보기도 하고, 다른 사람들은 어떻게 찾았는지 경험을 얻기도 했다. 처음보다 나아진 것도 같지만 백인백색 모두 다른 상황이라 나한테 맞는 답이 쉽게 나오지 않았다.

정식으로 에니어그램[2], MBTI[3], Strength Finder[4] 테스트를 해봤다. 막연함이 조금 더 줄어들었지만, 결과지에 나오는 단어들이 나의 어떤 모습을 설명하는지 알아보는 것은 계속되어야 했다.

예를 들어서 나는 MBTI에서 E(외향형)와 I(내향형)가 비슷하다. 원가족의 구성원을 포함 사촌, 친구들을 봤을 때 다들 내가 외향적이라고 말해왔고 나도 같은 생각이었다. 그런데 강력하게 외향적인 사람과 결혼하고 보니 난 내향적인 사람 중 가장 외향적이고, 외향적인 사람 중 가장 내향적이라는 것을 알게 되었다. 오히려 내가 알고 있던 것보다 MBTI 검사 결과가 나의 에너지 방향을 더 잘 설명한 셈이 되었다.

나의 모습이 검사 결과의 어떤 말로 표현되는지 찾아보며 나를 알아가는 과정은 생각보다 재미있었다. 에니

---

2 사람을 9가지 성격으로 분류하는 성격 유형 이론 중의 하나
3 마이어스–브릭스 유형 지표(Myers–Briggs Type Indicator)의 약자로 16가지의 유형으로 분류하는 자기 보고형 성격유형검사
4 갤럽에서 30년 동안 각 분야에서 가장 뛰어난 200만 명을 인터뷰한 결과를 바탕으로 개발, 34가지 테마 중에서 타고난 재능과 강점의 우선순위를 찾을 수 있도록 해주는 자기 발견 프로그램.

내 꽃길은 내가 만든다

어그램과 MBTI가 나의 성격을 설명해 준다면 Strength Finder는 강점을 알게 되는 데 도움을 주었다.

 그 옛날 초등학교 시절 많은 여학생의 장래 희망의 빈칸은 선생님으로 채워지곤 했다. 그 당시 나는 뚜렷한 장래 희망은 없었지만, 그것이 선생님은 아니라는 생각만큼은 확고했던 기억이 남아 있다. 그런데 단순한 '촉'은 아니었다는 것을 30년이 지나 나를 탐구하다가 확인하게 되었다. 심지어 성인이 되어서는 강의하는 것을 좋아한다고 생각해 왔던 터였다.

 중학생 대상 특강을 종종 하다가 1학기짜리 중학교 자유학기제 강의를 나가게 되었다. 매주 같은 학생들을 만나니 학생 하나하나가 눈에 들어왔다.

 '이 학생은 왜 지난주보다 풀이 죽어 보이지? 이 모둠은 시간이 갈수록 따로 도네, 저 학생은 지난달과 눈빛이 다른 걸 보니 사춘기 시작인가, 저 학생은 좀 봐주면 잘할 것 같은데 따로 봐 줄 시간은 없고 안타깝다.'

 강의가 반복될수록 머리 속에 쌓여가는 각 학생의 데이터에 진이 빠지고 머리가 터질 것 같았다. 힘든 것과 맞지 않는 것은 미묘하게 구분이 되었다.

 이 상황을 한 발짝 떨어져서 보았다. 내가 잘하는 것, 좋아하는 것, 좋아할 것이라 예상했던 것, 그리고 빗나갔던 것들 사이에 어떤 관계가 있는 걸까?

그제야 나의 Strength Finder의 결과지가 무엇을 말하는 것인지 알게 되었다. 검사 결과에서는 사교성, 승부, 성취, 존재감, 주도력, 공감, 체계 등 총 34가지 테마 중 강점이 될 가능성이 가장 높은 5개를 알려준다. 그중 가장 높은 것은 생소하게도 '개별화(Individualization)'였다. 이 테마가 강한 사람들은 각 개인이 가지고 있는 고유한 개성에 흥미를 느낀다고 한다. 전략, 발상, 집중, 행동이라는 나머지 4개는 납득이 되었으나 개별화는 재능이나 강점과 연결해 본 적이 없었다.

특강을 할 때는 강점이 활용될 기회가 없었지만, 정기 수업에서는 '개별화'라는 것이 이 일에서 어떻게 작동되는지 체감할 수 있었다. 내가 가진 강점은 어떤 일을 쉽게 만들 수도, 반대로 힘들게 만들 수도 있었다. 학기가 끝날 무렵, 나는 단체를 대상으로 지식을 전달하는 것보다 개개인을 보는 방식이 나의 강점에 적합하다는 결론을 내렸다.

직접 부딪혀 보며 테스트 결과와 실제 나를 연결하는 과정을 가졌더니 테스트도 훨씬 의미 있게 다가왔다.

나를 알아가는 과정은 설렘을 준다.

'어머, 나 이런 사람이라는 걸 이제야 알았네? 아, 내가

내 꽃길은 내가 만든다

이래서 그런 걸 느꼈던 거구나!'

모르는 게 약이라지만 나를 아는 것은 힘이었다. 힘이 생길수록 막연했던 길도 조금씩 보이기 시작했다. 아무리 짙은 안개 속이라도 한 걸음 나아가면 다음 걸음을 내디딜 곳은 보였다.

아날로그 라디오의 다이얼을 천천히 돌리며 주파수를 맞추다 보면 지지직거리는 잡음 사이로 노랫소리가 들리기 시작하는 순간이 있다. 나에 대해 알아갈 때도 비슷했다. 점점 크게 들리는 노랫소리에 기대했다가 조금만 잘못 돌려도 노랫소리는 희미해지기도 한다.

나에 대한 설명을 단기속성으로 찾을 수는 없었다. 나에 대해 많이 안다고 생각했음에도 마술사의 요술 모자처럼 새로운 등장이 계속될 때는 혼란스러웠다.

'어떤 사람이라는 건 알겠어. 다음은 뭔데? '에 대한 답은 꽤 한참 동안 얻지 못했기 때문이다. 마치 너무 빨리 다이얼을 돌려 지나쳐 버린 건지 다시 잡음만 들리는 막연한 상태가 계속되면서 의문이 커졌다.

"언제까지 계속 왔다 갔다 해야 하는 걸까? 과연 또렷한 주파수를 맞출 수 있을까?"

영점zero의 발견

　졸업 후 매월 셋째 주말이면 꼭 만났던 5명의 대학 동기. 결혼 시점은 모두 달랐지만, 우연히도 4명의 첫째 아이들이 같은 해에 태어났다. 덕분에 '출산의 해'까지는 한 번도 빠지지 않고 매달 만났다. 그러나 그 뒤의 만남은 첫 출산 친구가 초대한 돌잔치였고, 모두의 돌잔치가 끝나고 나니 초등학생 학부모가 될 즈음에서야 서로의 실물을 종종 볼 수 있게 되었다. 그래서 만날 때마다 오랜만이었다.

　"이게 얼마 만이야."

　"그래. 예전에 꼬박꼬박 매달 만났던 게 신기해."

　마지막으로 들어온 친구가 겉옷을 정리하며 묻는다.

　"별일 없지?"

　나는 지난 만남이 언제인지 따져보며 되묻는다.

　"어디까지 들었니?"

　드라마가 시작함과 동시에 지난 이야기를 보여주듯 지난

　　　　　　　　　　　　　　　　내 꽃길은 내가 만든다

모임 이후에 어떤 일이 있었는지부터 시작했다. 그 정도로 많은 일들을 시작하고, 중단하고, 계속하고, 바꾸었다.

첫 시작은 앞으로 유망해질 베스트 직업 목록에서였다. 코딩교육 붐이 시작될 때였다. 전부터도 내 아이에게 교육해야겠다고 생각했고, 전공과 기존 업무와의 관련성도 높았기 때문에 나쁘지 않은 시도였다. 그런데 강의하려고 만든 프로필을 보면서 설렘이 없었다. '이 사람은 코딩 강사입니다. 왜냐하면 다른 분야보다, 아예 모르는 사람보다 진입이 쉬웠기 때문이죠.'라고 말하고 있었다.

틀린 말이 아니었다. '나라면 특기가 있는 분야에서 시작하겠다'라는 주위의 추천을 듣고 한 선택이었다. 남들의 추천과 관련된 경력이 있어도 내 마음이 반기질 않는데 내가 찾던 일이 될 수 없었다.

그렇다면 이번엔 의미를 좀 더 담아 보기로 했다. 내가 일을 찾고자 헤매는 이유는 나 자신을 잘 모르고 평균에 맞춘 진로에 따랐기 때문이니까 이런 쪽에 도움을 줄 수 있다면 의미가 있을 것 같았다. 청소년 진로 특강을 하고 이후에도 재강의 요청을 받을 정도로 결과는 좋았다.

그러나 단체 대상의 강의할 때의 진이 빠지는 것과 함께 또 하나의 결정적인 문제가 나타났다. 전직에서 쌓은 기획력을 한껏 활용하여 멋진 강의안을 만드는 것은 얼마든지 다시 할 수 있었다. 그러나 여러 반에 들어가서 같은 내용으로 수업해야 하는데 똑같이 반복하는 것은 내가 가장 못 견뎌 하는 것 중의 하나였다. 결국 강의는 미래의 일 목록에서 제외되었다.

나와 재능과 싫어하는 것이 똑같은 사람이 먼저 경험해 보고 알려줄 수는 없다. 결국 직접 해봐야 얻을 수 있는 것들이 분명히 존재했다.

한껏 노랫소리에 맞춰놨다고 생각했던 주파수에서 찌직 잡음이 커지는 것 같았다. 다행인 것은 가지 말아야 할 곳은 알게 되었다는 것이다. 아닌 걸 확인했기에 미련은 없었다. 한편으로 후련하기까지 했다.

나는 강의를 하고 싶은 이유가 '새로운 지식을 알게 되는 기회를 주고 싶어서'라고 생각했다. 직접 경험하면서 싫은 것, 못 할 것, 안 맞는 것을 빼고 또 뺐다. 남은 것의 의미를 계속 찾으며 빼고 남기기를 계속했다

본질은 새로운 지식이 아니라 알아차림, 메타인지의 기회를 주고 싶은 것이었다.

그렇다면 굳이 단체 대상의 강의 형식이 아니어도 되는 것이다. 1:1로 맞추는 형식이 나에게는 지속 가능한 형태

일 것이다. 그것이 무엇이든!

찾아다니며 무언가를 마구 담는 과정이 끝나고 아닌 것을 덜어내는 과정이 자연스럽게 시작되면서 내가 찾는 것이 점점 뾰족해졌다. 계속될 것만 같던 설렘과 막연함의 핑퐁이 끝나가고 있다는 것을 확신하게 되었다.

그리고 지금까지 온 길을 돌아봤다. 시행착오 과정 초반에 정확히 맞아떨어지는 것을 경험하고도 지나쳐 왔던 것을 알았기 때문이다. 그때는 나의 '개별화'가 이렇게 강력한지 미처 몰랐을 때였다. 그리고 두루뭉술하게 원하는 것을 생각했기 때문에 누군가가 알아차림의 기회를 놓치는 것을 안타까워한다는 것도 몰랐을 때였다.

개별화의 강점을 100%로 발휘할 수 있는 1:1, 매번 다를 수밖에 없는 순간, 마음껏 펼칠 수 있는 사람에 대한 호기심과 관찰, 바꿀 수 없는 과거 보다 바꿀 수 있는 미래에 집중하기! 내가 좋아하는 것들로만 이루어져 있는 것이 있었는데 몰라봤다. 아니 그제야 알아볼 수 있게 되었다.

그렇게 뱅글뱅글 돌고 돌아 KPC[5] 자격을 따게 된 건 처

---

5 (사)한국코치협회의 코치인증은 KAC(Korea Associate Coach)와
KPC(Korea Professional Coach), KSC(Korea Supervisor Coach) 세 종류가
있으며 교육과 실습 후 서류, 필기, 실기시험을 통해 취득할 수 있다.

음 코칭을 알게 된 지 5년이 지난 후였다. 그리고 많은 사람이 코칭을 경험하길 바라면서 의미 있는 일상을 위한 1:1 코칭 서비스를 시작하게 되었다.

본격적으로 나의 일을 찾느라 헤맸던 차마 못 다 적은 많은 과정까지 길고 긴 6년이었다. 언제나 지지와 응원을 보내주는 엄마조차 어린 나이도 아닌데 왜 저렇게 찔러보는지 걱정될 정도였다고 나중에 이야기하셨다.

하나도 버릴 것 없는 시간이었다. 결국 톱니바퀴처럼 맞물려 있다. 알 수 없는 미래를 생각하며 점 찍는 것을 두려워할 필요는 없었다. 과거를 돌아보면 연결이 된다는 스티브 잡스의 말이 틀린 말이 아니었다.

다만 그 선이 직선이라고 짐작했던 것은 착오였다. 직선으로 연결될 수 없는 점들이 여기저기 흩어져 있는 것을 보면서 괜한 짓을 하는 건 아닌지 힘들기도 했다. 어릴 적 번호순으로 따라가다 보면 완성되는 그림처럼 그 점들을 순서대로 연결하니 돌면서 움직이는 나선형이 나타났다.

범생이, 헛똑똑이 시절 내가 스스로 질문을 던지고 알아차림의 기회를 가지지 못했던 것이 아쉽다. 그래서 그런 나를 1번 고객으로 둔 코치가 되었다. 그리고 자신을 탐색하며 찍어온 점들의 연결을 하고 싶어 하는 사람들을 위해 나의 강점을 활용하는 나다운 순간들을 보내기로 했다.

내 꽃길은 내가 만든다

어느덧 설렘과 막연함의 주파수 사이에서 또렷한 노래 소리가 들리기 시작했다. 잡음은 없었다. 맞을까 아닐까 아리송하지도 않았다.

본능적으로 영점zero을 찾았다는 걸 알 수 있었다.

"그래, 찾았으니 이제 무엇을 해야 할까?"

쓰다 보니 시작되는 새로운 일상

언니나 오빠가 있다면 얼마나 좋을까. 첫째라면 한 번씩 해보는 아이 같은 투덜거림을 다 커서도 한 적이 있다. 20대 언젠가 힘들었을 때였다. 세 자매 중 둘째였던 회사 언니 Y에게 하소연했다. "언니는 좋겠다. 언니가 있어서. 조언도 해주고 경험도 들을 수 있고 얼마나 좋아? 난 첫째라 좀 아쉬워."

"언니가 나한테 조언 많이 해주지. 근데 언니 말을 들었을 거 같아? 어차피 귀에 안 들어와. 그러니까 듣고 안 하나 못 듣는 거나 똑같은 거야."

왜 미리 알려주는 사람이 없었을까 주위를 탓하고 있었나 보다. 내가 깨어야 했는데 말이다. 내가 알아차리지 못하면 공자님 말씀도 귓바퀴에서 튕길 수밖에 없었다.

분명 내가 가진 생각을 정리하는 나름의 방법을 가지고 있었다.

내 꽃길은 내가 만든다

생각만 하는 것은 계속 같은 자리에서 맴도는 것 같아 적으면서 정리했다. 성공한다는 사람들이 쓴다는 각종 플래너, 스케줄러, 다이어리는 다 사서 칸을 채워봤다. 그러면서도 직접 만들고 싶을 정도로 뭔가 채워지지 않았다. 어디 종이 노트뿐이겠는가. 디지털 노트도 종류대로 다양한 템플릿을 섭렵하며 기록했다. 잘하고 싶어 노트 방법에 관련된 책도 많이 봤다.

생각으로 하는 것의 단점을 보완하기 위해 말하면서 정리하기도 했다. 혼잣말하면서 정리하면 단편적 심상이나 단어, 감정이 문장의 수준으로 정리가 되었다. 가족, 친구, 동료, 지인들과 대화하는 것은 혼잣말과는 또 다른 정리가 되었다. 시간의 제약, 분위기, 서로와의 관계 등에 따라 정리하며 말하게 되고, 말하면서 정리가 되기도 했다.

나에 대해 잘 알고 있다고 생각했지만, 확인할 방법은 없었다. 결국 스스로 알아차림이 아니라 외부에서 만들어진 기회로 인해 순전히 착각이었다는 것을 확인했다.

당신의 인생을 스스로 설계하지 않으면
다른 사람의 계획에 빠져들 가능성이 크다.
남들이 당신을 위해 계획해 놓은 것?
많지 않다.

- 짐 론

외부로부터의 알아차림은 나의 설계가 아닌 다른 사람의 설계일 가능성이 크다. 또한 가장 큰 단점은 내가 미처 준비 못 한 상태에, 원하지 않는 방법으로, 예상하지 못한 순간에 만나게 되므로 충격이 크다는 것이다. 나로부터 시작된 것이 아니었기 때문에 예측도 대비도 하지 못한 채 당황하며 발등에 떨어진 뜨거운 것들을 치울 수밖에 없다. 그리고 쓰라린 상처가 아문 다음에서야 그동안 부족했던 것이 무엇이었는지 알게 된다.

문제는 방법에 있었다. 이미 정해진 틀에 내가 쓰고 싶은 것만 쓰고, 이미 혼자 정리한 것만 말했다. 이 방법은 내가 가지고 있는 생각을 굳히기만 했을 뿐 다른 시각이 들어올 틈을 주지 못했다. 그러다 보니 좁은 시야 안에서 스스로 알아차릴 기회가 없었다.

빠르거나 정확하진 않았지만, 이것저것 시도하다 보니 보완할 수 있는 방법을 찾을 수 있었다.

말하면서도 부족했던 것은 코칭을 알게 된 후 채워졌다. 친밀한 사이끼리는 걱정이 될까 이야기하기 어렵거나, 거리가 있는 사이라면 내 얘기만 깊게 할 수도 없다. 그러나 이해관계가 없으면서 들을 준비가 되어 있는 코치와의 만남은 곁가지 없이 다루고 싶은 주제에 집중할 수 있었다.

또한 구조화된 코칭 대화는 미처 보지 못하고 있는 것을 보고 준비할 수 있게 해줬다. 내 안의 답을 찾게 한다는 코칭 철학도 마음에 들었다.

내가 누군가에게 알아차림의 기회를 주고 싶어 한다는 것을 확인한 후에는 코칭은 나의 길이 되었다. 알아차림으로 시작되는 변화는 내가 하는 것도, 남들이 할 수 있도록 돕는 것도 좋기 때문에 코칭을 받는 것과 하는 것 모두가 에너지를 받는다. 그렇게 코칭은 나의 삶과 일을 채워줬다.

한편, 쓰면서 부족했던 것은 책 쓰기를 하면서 채워졌다. 나만 보는 글은 쓰는 순간 알고 있는 것까지 자세히 쓸 필요가 없다고 넘기곤 했다. 그렇게 쓴 글을 나중에 보면 쓸 당시의 생각이 정확히 기억나지 않아 버려지는 글이 되었다.

혼자 보는 글과 누군가가 읽게 될 책이라는 형태의 글은 엄청난 차이가 있었다. 이해할 수 있게 구조화하며 써야 했다. 그 과정에서 스스로 앞뒤가 안 맞는 생각들을 버리고 우선순위를 가릴 수 있었다. 어렴풋했던 생각들을 구체적으로 정리했다. 그렇게 쓰고 나니 하고 싶은 일의 방향까지 뚜렷해지며 머릿속 안개가 사라졌다.

그 전엔 책과 관련해서 책 '읽기'가 100%였지만 이제는 내 인생에 책 '쓰기' 라는 새로운 일이 추가되었다.

책 쓰기를 시작하면서 문득 중학교 때 수업 시간이 생각 났다. 어른이 되어서 책을 쓴다면 쓰고 싶은 책은 무엇인 지에 대한 숙제 발표가 있던 날이었다. 딱히 주제를 고를 수 없었고 아무거나 고르는 것도 싫었다. 결국 발표한 것 은 '읽는 사람에 따라 다른 결말이 나오는 책' 이었다. 말 하면서도 가능할까 싶었지만, 나중에 알게 된 '개별화' 라는 강점과 연결해 보니 나다운 답이었다. 그 오래전 기 억이 떠오른 이유는 지금도 그때와 같은 마음이기 때문 일 것이다.

나만의 결말을 더 근사하게 만들기 위해 별일 없는 일상 에서 시작하려고 한다. 나의 설계대로 의미 있는 일상을 쌓아가다, 외부로부터 비롯되는 문제를 만나도 흔들림 없 는 일상을 살고 싶다.

준비 없이 닥친 문제에 한 방울의 에너지까지 당겨서 써 버리면 일상으로 돌아오기가 어렵다. 지친 상태에서는 상 황과 자기 자신을 객관적으로 볼 여력이 없다. 결국 매번 외부의 파도에 예상치 못한 방향으로 떠밀리며 힘만 든 다.

오히려 그날이 그날 같을 때 반갑게 준비를 시작할 것이다. 다음 파도가 오기 전 일상에서 나는 어떤 사람인지, 어디를 향하고 있는지, 어디쯤 있는지 알아차릴 수 있는 더할 나위 없는 최적의 시기라는 것을 알았다.

나는 한때 엉뚱한 방향만 보면서 뒤에서 오는 파도를 보지 못했다. 어찌 보면 내가 맞은 뒤통수는 그 누구도 아닌 내가 날렸다. 얼얼했지만 다른 곳을 볼 수 있는 결정적 계기가 되었고 성장이 있었다. 덕분에 앞으로 할 일도 찾았다.

이제 내가 가야 할 꽃길이 보이는 것 같다. 그 꽃길을 사랑해 주고 가꿔보려 한다.

"내 꽃길 만들기, 시작해 볼까?"

사는 것이 재미없다던
그때의 나에게

박정은

이번 생은 나만의 길을 찾아가는 여정이라고 생각하며,
도전하고 부딪히며 경험하고 배우고 있다. 사람, 동물,
자연을 사랑하고 문화, 예술, 공간, 디자인을 좋아한다.
재미나게 살기 위해 노력하고 가진 것에 감사하고
나누며 소소한 행복을 전하는 사람을 꿈꾼다.

날개는 없지만

토요일 아침.

아이의 변덕으로 아침부터 계획되었던 일정이 취소되어 기분이 좋지 않았다. 거기에 더해 모든 것을 자기 뜻대로만 하려고 해서 단호하게 혼냈더니, 울음까지 터졌다.

육아 전문가들이 말하는 대로 감정적으로 대하지 않으려고 노력했으나, 결국 화를 내고 말았다. 아이의 울음은 길어졌고 나는 지쳐갔다.

겨우 일단락이 되자 혼이 빠져나간 듯이 멍했다. 옆에서 언제 그랬냐는 듯이 놀아달라는 아이가 얄밉기까지 했다. 놀아줄 힘도 없어 축 늘어져 있는데 딱 맞춰 병원 갔던 남편이 돌아왔다. 얼른 아이를 맡기고 도망치듯 집을 나왔다.

아파트 공동현관을 나서니, 밖으로 나온 것만으로도 기

　　　　　　　　사는 것이 재미없던 그때의 나에게

분이 좋아졌다.

"역시 사람은 광합성을 해야 힘이 나지"

집에서 나설 때와는 다르게 발걸음이 한결 가벼워졌다. 한결 편해진 마음으로 걸어가는데 바람이 나를 스쳐 지나가는 것이 느껴졌다. 햇살처럼 따뜻한 바람이다. 그 순간 바람에 흔들리고 있는 나뭇잎과 나뭇가지가 눈에 들어왔다. 바람이 연주하는 리듬에 따라 강약을 조절하며 춤을 추는 나뭇잎들. 그럴 때면 공연장에 온 관객처럼 가만히 서서 집중하게 된다. 보기만 해도 평온해지는 순간. 나만의 명상법이라고나 할까.

바람에 흔들리는 나무가 나를 평온하게 하는 명상법이라면 바람은 행복했던 순간으로 떠날 수 있게 해주는 타임머신 같은 존재이다. 습기를 가득 머금은 따뜻한 바람이 느껴지면 일본을 여행하던 순간이 떠오르고 바람이 세차게 불면 태풍을 만났던 호주 여행이 떠오른다.

가장 좋아하는 바람의 기억은 밤공기가 시원해지는 늦여름쯤이다. 올림픽공원 '들꽃마루'에서 '평화의 문'을 잇는 외곽을 따라 자전거를 타고 내려오면 적당한 경사 덕에 페달을 밟지 않아도 빠르게 달릴 수 있다. 몸은 정지된 상태로 약간 고개를 들면 양쪽으로 초록 은행잎이 하늘을 가릴 정도로 무성하게 보인다. 시원한 바람이 내 몸을 따라 양쪽으로 갈라지며 지나간다. 바람이 내 얼굴과 짧은 옷으로 드러난 팔과 다리를 스치고 지나갈 때의 시원함과 부드러움. 자전거를 탈 줄 안다는 사실에 감사한 순간이다.

바람에 대한 추억은 어린 시절까지 거슬러 올라간다. 엄마 심부름을 하러 나왔다가 빨리 집에 가고 싶어서 달리곤 했는데, 바람을 가르며 달리다가 뛰어오르면 바람이 나를 띄우는 것 같이 느껴져서 잠깐이지만 하늘을 나는 것 같았다. 그렇게 여러 번 날아오르고 나면, 갑작스러운 심부름 때문에 하던 일을 중단해야 했던 짜증스러운 마음도 바람처럼 사라졌다. 엄마에게 "다녀왔습니다."라고 밝게 인사하면 엄마의 "고마워. 딸"은 덤으로 받는 선물이었다.

바람에 대한 추억을 떠올리다 보니, 딸아이가 하늘을 나는 중이라고 팔을 퍼덕이면서 뛰어오르던 모습이 떠올랐다. 누굴 닮아 저리 날고 싶어 하나 했는데 결국 나를 닮아서 그랬다는 생각에 웃음이 났다. 이런 것도 유전이 되는 걸까. 갑자기 궁금해졌다.

잠깐의 산책이었지만 몸과 마음이 정화된 기분이었다. 편안해진 기분 덕분일까. 갑자기 어렸을 때처럼 달리고

사는 것이 재미없다던 그때의 나에게

싶었다. 이젠 몸이 무거워져서 그런지 날아오르는 기분은 느낄 수가 없었다. 딸에게 전수할 때가 온 것일까.

내일은 아이와 함께 공원에 가야겠다. 새소리는 배경음악으로 깔고, 바람에 흔들리는 나무들을 바라보며 세상 신나게 달려야지. 엄마만 알고 있는 하늘을 나는 비법이라며, 달리며 뛰어오르기를 알려주어야겠다.

말이 없어도

"안녕"

"어디 가니? "

길가를 거닐다 만나는 고양이들은 늘 반갑다.

일본 애니메이션 '고양이의 보은'에서처럼 따라가면 고양이들만의 세상으로 인도할 거 같다. 내가 사는 아파트 단지에는 항상 같이 다니는 고양이 세 마리가 있다. 아이도 나도 고양이를 좋아하기에 고양이를 만나면 반가워 말을 건넨다. 한 마리는 흔히 말하는 삼색이고 검은 고양이와 양말 신은(발만 하얀) 고양이, 이렇게 세 마리다. 가끔 한 마리가 안 보이면 "검정이는 어디 갔어? "하고 묻는데, 그러면 삼색이와 양말이가 귀찮다는 듯 쳐다본다.

나는 지나가는 고양이, 지저귀는 새, 산책 나온 강아지뿐

사는 것이 재미없던 그때의 나에게

아니라 개미 같은 곤충에게도 말을 건넨다. 가끔은 나무나 길가에 놓인 돌에도.

자주 본 고양이들은 인사하듯 눈을 깜빡일 때도 있고 새들은 놀라 날아가기도 한다. 나의 말에 관심 없는 듯, 바쁜 개미에게도 "봄이 돼서 바쁘구나." 하고 말을 건넨다.

결혼 전까지 나는 한 집에서 30년 이상을 살았다. 동네 친구들이 모두 이사하여도 우리 집만은 기념비처럼 그대로였다. 결혼하면서 이사라는 것을 처음 해봤다. '응답하라 1988' 같은 주택에서 살다가 아파트에서 사는 것은 처음이어서 신기하기도 하고 설레기도 했다. 하지만 아파트는 나의 기대와 달랐다.

주택과 빌라들이 많았던 주택단지에서 오랫동안 살다 보니, 주변에는 친한 이웃들이 많았다. 오가며 인사도 하고 음식을 나눠 먹는 것도 익숙한데, 아파트에서는 사람을 마주쳐도 인사하기가 어려웠다. 동네도 낯선데 아는 이 하나 없으니 더 외롭게 느껴졌다.

그래서일까. 혼자 거닐 때 주변의 것에 말을 건네면 반갑기도 하고 정겨운 이웃을 만난 듯 기분이 좋다.

임신 중기쯤에 운동 삼아 아파트 뒤에 있는 둘레길을 걷

곤 했다. 나무도 많고 새들도 많아서 내가 좋아하는 곳이
다. 혼자 걸으면서 주변 나무들에 말을 건넸다.

"내 배 속의 아이. 건강하게 태어나게 기도해 줄래?"

"아이가 태어나면 함께 와서 인사할게. 그러면 반갑게 맞
아줘."

대답은 들리지 않지만, 갈 때마다 늘 같은 말을 되뇌었다.
지금 생각해 보면 나만의 기원 방법이었는지도 모르겠다.

아이가 태어나고 오랫동안 둘레길에 가지 못했다. 아이
가 세 살 때쯤이었나. 드디어 아이를 데리고 뒷산에 올랐
다. 그리고 그동안 미뤄뒀던 인사도 전했다.

"그때 내 배 속에 있던 아이가 이만큼 자랐어. 이제야 인
사하러 왔네. 늦어서 미안해. 잘 지냈니?"

아이에게도 배 속에 있을 때부터 너를 알던 나무들이라
며 인사를 하라고 했다. 아이는 귀엽게 "안녕"하고 인사
를 전했다. 그리고 난 기도하듯 말했다. "앞으로도 우리
아이 잘 부탁해."

지금은 좋은 이웃들이 생겼지만 혼자 걸을 때면 여전히
자연에 말을 건넨다. 따뜻한 말에는 좋은 기운이 있다고
믿기 때문이다. 지나가는 말 한마디지만 따뜻한 마음들을
뿌리고 다닌다면 세상이 좀 더 사랑스러워지지 않을까.

얼마 전에 유튜브에서 신기한 영상을 봤다. 식물이 사람을 기억하는지에 대한 실험 영상*이었다. 며칠 동안 반복해서 실험 참가자들을 식물 옆에 가도록 했다. 그리고 한 명에게만 식물의 잎을 뜯게 했다. 실험 마지막 날, 참가자들을 식물 옆에 가게 했더니 자기 잎을 뜯은 사람에게만 생체 전기적 신호가 활성화되는 것이었다.

　이 연구만으로 식물이 사람을 알아보고 기억하는지 확신할 수는 없지만, 식물도 나름의 방식으로 의사 표현을 하고 있다는 사실을 알게 된 것 같아서 기뻤다. 나의 말이 일방적인 메아리가 아니라, 우리만의 교감방식이었다는 것을 인정받는 기분이었다.

　앞으로는 더 다정한 목소리로 인사해야겠다. 그냥 스쳐 지나가는 사람보다 따뜻한 말 한마디를 건네준 사람에게 더 많은 산소나 좋은 기운들을 뿜어줄지 어찌 알겠는가.

* '동물의 숨겨진 과학(캐런 섀너)'의 책의 내용을 참고하여 실험한 영상. 유튜브 채널명: 긱블

떠나지 않아도

"우와. 이런 곳이 있었어?"

평소와 같이 아이를 유치원에 등원시켰다. 그날은 집으로 가지 않고 서울시청 근처에 약속이 있어서 카카오내비를 켜고 버스 정류장을 찾아가는 길이었다. 그쪽에 길이 있다는 것은 알았지만 자차를 이용하여 등·하원 시켰기 때문에, 집과 유치원만 오가다 보니 갈 일이 없던 곳이었다.

경사가 가파른 오르막길이라 투덜거리며 올라갔는데, 길의 끝에 전혀 새로운 풍경이 펼쳐졌다. 아파트 단지 둘레를 따라서 보행자 전용 거리가 1차선 도로 너비만큼 넓고 길게 펼쳐져 있었다. 햇살 좋은 날이라 그런지 많은 사람이 운동 삼아 걷고 있었다. 폭신하여 다리의 피로도까지 없앤 녹색 도로를 보면서, 일 년 반 동안 그렇게 왔다 갔다 했는데도 몰랐다는 것이 한심하기까지 했다.

사는 것이 재미없던 그때의 나에게

약속 시간이 얼마 남지 않아 서둘러 가야 했기에 여유 있게 즐기지 못했지만, 예상치 못한 보물을 발견한 것 같아서 기분이 좋았다. 그곳을 뒤로 하고 서둘러 길을 빠져나왔는데.

세상에나. 또 예상치 못한 풍경이 나타났다. 깔끔하게 정돈되어 있던 보행자도로를 벗어나자마자, 단층짜리 집들이 옹기종기 모여있는 80년대 동네 풍경이 펼쳐졌다. 어린 시절, 친구들과 숨바꼭질하던 동네가 생각나는 그런 곳이었다. 카카오내비를 보니, 버스정류장에 가려면 그 동네를 통과해야 했다. 설레는 마음을 안고 골목으로 들어갔다. 차는 절대 들어올 수 없을 정도로 좁은 골목. 양팔을 쭉 펴지 못할 정도로 좁았다. 내 키와 비슷한 높이의 담벼락 위로 고개를 내민 나무와 꽃들이 정겹고, 익숙한 철제대문들이 반가웠다.

그리고 언제나 반가운 친구. 담을 넘으려고 했는지 노란 고양이가 몸을 쭉 내밀었다가 낯선 나를 보고 얼른 숨는다. 과거로 온 듯한 묘한 기분이 느껴지면서 심장이 크게 요동치는 것 같았다. 이런 순간을 놓칠 수는 없었다. 나는 핸드폰을 꺼내서 골목을 촬영하기 시작했다. 이 순간을 남기고 싶었다. 영상을 찍으며 골목을 따라 걷다 보니, 금

세 큰길에 도착했다. 아쉬웠지만 약속 시간이 다가와 서둘러 버스 정류장을 향해 걸었다.

버스 안에서 촬영한 영상을 보는데, 보는 것만으로도 그때의 감동이 느껴지는 듯했다. 김동률의 '출발'이라는 노래가 배경음악으로 들려오는 것 같았다.

"이게 바로 여행이지."라는 말이 절로 나왔다.

지인들과 즐겁게 지내고 아이 하원 시간이 되어 다시 유치원으로 향했다. 이번에는 지하철을 타기로 했다. 오랜만에 1호선이다. 용산역에서 노량진역을 향해 가는데, 지하철 창밖 풍경으로 기찻길이 보였다. 하얀 자갈들 위로 기차선로가 보이고 초록색 이름 모를 잡초들이 자라나 있었다. '오늘 무슨 일이야!' 분명 서울지하철을 탔는데 옛날 기찻길을 지나고 있는 기분이었다.

핸드폰을 꺼내어 출입문 창문에 대고 촬영하면서 기찻길을 넋 놓고 보고 있다 보니 어느새 한강이 보이기 시작했다. 옆으로 보이는 한강철교의 철제구조까지 멋진 풍경을 완성해 주었다.

집에 오자마자 촬영한 동영상을 편집했다. 그동안 잊고 있던 나의 유튜브 채널 '일상여행자'가 생각났기 때문이다.

2021년 12월부터 7개월 정도 유튜브 채널을 운영한 적이 있다.

직장인 시절, 출퇴근하면서 매일 같은 길을 걷고 같은 지하철 노선을 타는 것이 지루하게 느껴졌던 때가 있었다. 매일 다니는 길이니 조금이라도 즐거웠으면 했다. 순간, 동작대교를 지날 때마다 감탄하며 바라봤던 한강이 떠올랐다. 그래서 매일, 그 순간을 찍기로 했다.

사진이 하나씩 쌓이다 보니, 하루도 같은 풍경이 없다는 것을 알게 되었다. 늘 같을 것으로 생각했는데, 계속 다른 모습을 하고 있었던 것이었다. 그때부터 익숙한 풍경도 낯설게 보려고 노력한다. 하루하루가 다르다는 것을 알고 나니 항상 다니는 길도 지루하지 않았다.

사람들에게 이 메시지를 주고 싶었다.
"어제와 같지 않아요. 지금을 보세요. 늘 새롭답니다."
그렇게 나는 버스와 지하철을 타고 다니며 풍경을 찍어서 유튜브에 올렸다. 나의 영상을 보고 한 명이라도 핸드폰 화면이 아닌, 창밖 풍경을 보길 바랐다.

나는 '이것이 일상 여행이다. 나는 일상 여행자다.' 라고 정의를 내렸다. 여행을 가면 창문으로 보이는 풍경만으로도 설레고 기분이 좋지 않던가.

유튜브를 시작하고 한 달 정도 지났을 때였다. 서울에 눈이 많이 내렸다. 눈이 내리는 서울풍경을 영상에 담고 싶어서 종로로 가는 버스를 탔다. 나는 '서대문, 서울시교육청' 이라는 정류장에서 내렸다. 미리 계획을 하고 출발한 것은 아니어서 이쯤이면 됐다는 생각에 내린 곳이었다.

버스 정류장에 낯선 이름을 가진 버스가 보였다.

'녹색순환버스 01A'[1]

처음 보는 버스였다. 노선표를 보니 '서울역–서대문–사직단–경복궁–안국역–창덕궁–이화동–동대문–을지로–숭례문–서울역'. 사대문과 궁을 볼 수 있는 버스 노선이 마음에 들어 버스에 올라탔다. 평일 낮이라 그런지 승객은 나 혼자였다. 풍경이 가장 잘 보이고 촬영이 잘될 것 같은 자리를 골라 앉았다.

버스에서 바라본 서울은 하얀 눈으로 뿌옇게 보였다. 시야가 답답하게 가려진 듯 뿌연 것이 아니라 뽀얀 필터를

---

1 '녹색순환버스 01A' 버스는 2022년 6월에 폐지되어 현재는 운행되지 않는다고 한다. 이젠 탈 수 없다고 하니 그때의 기억이 더욱 소중해진다.

사는 것이 재미없다던 그때의 나에게

씌운 듯한 느낌이었다. 대학생 시절에 좋아했던 이와이 순지 감독의 '러브레터'가 생각나기도 했다.

신기하게도 겨울인데 추워 보이지 않고, 따뜻하게 느껴지는 풍경이었다. 특히 경복궁과 창덕궁을 지날 때의 느낌은 무엇이라 설명할 수 없는 감동이 있었다. 하얀 눈이 쌓인 긴 담벼락을 따라 시선을 이동하면 광화문이 보이고 또 길게 이어지는 담벼락이 경건한 마음마저 품게 했다. 그 앞으로 검은 우산을 쓰고 지나가는 사람들의 모습까지, 하나의 완벽한 수묵화를 보는 것 같았다. 이날 찍은 영상이 내가 촬영한 것 중에 최고라고 자신 있게 말할 수 있을 정도이다.

유튜브 채널을 운영하던 초반에는 새로운 버스를 찾아서 타보는 것도, 영상 편집 방법을 독학하면서 만드는 과정도 재미있었다. 경력 단절 후, 처음으로 한 도전이었기에 열정도 남달랐다. 촬영한 결과물이 마음에 들지 않아서, 같은 버스를 네 번 이상 타는 경우도 많았다. 겨울이었기에 발이 꽁꽁 얼기도 여러 번이었다.

체력적으로 힘에 부치니 영상이 마음에 들지 않는 경우가 많아졌다. 게다가 '코로나19'가 한창일 때라 가정 보육을 해야 하는 날이 많아지면서 나갈 수 있는 날도 거의 없었다. 버스나 지하철을 타는 것이 현실적으로 힘들어지면서 운전할 때 보이는 풍경을 올리기도 하고 뒷산의 새소리를 배경음악으로 숲을 촬영하기도 하면서 채널 정체성이 사라져 버렸다. 그렇게 천천히 유튜브에 대한 열정이 사그라지면서 중단되었다.

2023년 5월 11일.
1년 이상 중단되었던 나의 열정을 다시 일깨워 준 이날을 잊을 수 없을 것 같다. 낯선 길로 들어서서 만나게 된 놀라운 순간과 그 벅차오르던 감정과 떨림. 일상 여행자로서의 나를 되찾아 준 골목과 기찻길.

이제 다시 일상 여행자가 되고자 한다. 내가 가는 길이 여행인 삶. 순간순간 만나는 모든 것에 감사하고 소중히 하며 즐겁게 여행하고 싶다.

사는 것이 재미없었던 그때의 나에게

곁에 없지만

2020년. '코로나19'라는 큰 사건으로 세상은 멈춰버렸다. 아이가 4세가 되면서 어린이집에 맡기고 나만의 시간을 가질 수 있을 거라는 기대는 무너졌다. 연일 쏟아지는 확진자 소식에 가정 보육은 길어져만 갔다. 아이를 낳고 키우는 3년 동안 친구도 못 만났는데.코로나라는 바이러스 덕분에 사람 사이는 더 멀어지기만 했다.

안 그래도 낯선 동네에서 임신과 출산, 육아를 경험하며 고립된 삶을 살고 있었는데. 나의 생활반경은 더욱 좁아졌다. 일 년을 집 안에 갇히다시피 보내고 나니, 아이와 보내는 시간이 힘들게만 느껴지고 감정 기복도 심해졌다. 하루 종일 시계만 보며 남편의 퇴근 시간만 기다리게 되었다.

마음이 답답할수록 세상과의 유일한 소통 창구였던 SNS에 빠져 살았다. 하지만 시간이 지날수록 온라인 속 다른 사람들의 행복한 모습과 나를 비교하다 보니 깊은 바닷속으로 가라앉는 기분이었다.

그러나 아이러니하게도 나를 힘들게 했던 SNS 덕분에 새로운 세상을 알게 되었다.

'좋은 사람들을 만나려면 이곳으로 가라.'라는 인친(인스타 친구)의 게시글을 통해 여성들의 온라인 멤버십 커뮤니티를 알게 되었다. 커뮤니티는 일정 금액을 내고 가입하면 정해진 동안에 활동할 수 있다. 운영자들이 선정한 책과 영화를 보고 생각을 나누기도 하고 개인의 서사를 공유하는 시간도 있다. 그 외에는 자유롭게 회원들이 자신만의 콘텐츠로 소모임을 열어 참여자를 모집한다. 그림책 테라피, 고전독서 모임, 함께 운동 등 다양한 소모임이 운영된다.

운명적으로 만난 커뮤니티는 '낯섦'이었다. 코로나로 대면 수업을 받을 수 없는 아이들이 온라인 화상채널인 Zoom이라는 앱을 이용하여 온라인으로 수업한다는 것을 뉴스로만 들었지, 내가 Zoom을 사용하게 될 줄은 생각도 못 했다. 여러 명이 동시에 접속하는 화상통화. 모니터 영

　　　　　　　　　　사는 것이 재미없던 그때의 나에게

상으로만 만나는 사람들. 모든 것이 낯설면서 신기했다.

다른 사람이 말을 하면 어디를 쳐다봐야 할지 모르겠고 내가 말할 때면 허공 속의 외침처럼 느껴져 얼굴이 빨갛게 달아올랐다. "이게 뭐야. 어색하고 이상해."라고 읊조렸던 첫 모임이 기억난다.

온라인이라는 환경에 적응하는 것은 힘들었지만 적극적으로 참여했다. 적지 않은 돈을 투자했으니, 하나라도 언어가고 싶은 마음도 있었고 어떤 이야기들이 펼쳐질지 호기심에 궁금하기도 했다.

책을 읽고 이야기 나누는 것도, 다른 이의 인생 이야기를 듣는 것도, 그림책을 읽고 감정을 이야기하는 것들도 모두 생소했지만 재미있었다. 새로운 세상이 열리는 기분이었다.

내가 가장 좋아했던 시간은 회원들이 기획하고 진행하는 소모임이었다.
'나를 위한 글쓰기' 소모임에서는 가족에게도 말하지 못했던 공황장애 투병기를 주제로 글을 썼다. 그때의 기억을 떠올리는 것이 힘들었지만 함께한 분들의 응원 덕분에 과거와 직면할 용기를 얻을 수 있었다.

'당신의 해시태그'는 진행자의 질문에 답을 하면서 나를 대표할 수 있는 해시태그를 찾아가는 소모임이었는데, 시작할 때는 '#호기심여왕, #OO이엄마, #꿈꾸는사람'뿐이던 해시태그가 과정을 마무리하고 나니 '#즐거운상상, #일상의발견, #도전하는호기심, #따로또같이, #진중한탐색가, #다양한시각' 등으로 늘어났다. 나에 대해 새롭게 깨닫게 된 시간이었다.

'아티스트 웨이'는 동명의 책 <아티스트 웨이(줄리아 카메론 지음)>의 12주 과정을 함께 하는 소모임이었다. 바쁘다는 핑계로 과제는 잘 못했지만, 매주 일요일 새벽 6시에 함께 한 Zoom 모임에서 고민과 일상을 나누며 무엇보다 소중한 친구를 얻을 수 있었다.

그렇게 컴퓨터 화면으로만 만난 사람들과 서로의 이야기를 하게 되었다. 신기했다. 친한 친구에게도 하지 못했던 속의 말을 꺼낼 수 있다니. (전통적인 의미에서) 친구 사이도 아닌데 내 이야기에 집중해 주고 공감해 주고 함께 아파하는 사람들이 있다니. 놀라운 경험이었다.

다른 사람의 이야기를 듣고 내 이야기를 할 수 있다는

사실이 이렇게 큰 위안이 될 줄은 몰랐다. 사람은 결국 사회적 동물이라는 사실을 인정할 수밖에 없는 경험이었다.

커뮤니티 덕분에 책을 읽기 시작하고 글을 쓰게 되었고 나라는 사람을 이야기하게 되었다. 나라는 사람을 알아가면서 자신감이 생기니 도전할 용기가 생겼다.

내가 나서서 커뮤니티 굿즈를 만들고 싶다고 제안했다. 처음 생각은 스티커와 회원들이 사용할 수 있는 노트를 만드는 것이었다. 그런데 함께 한 분들의 아이디어 덕분에 회원들이 활동하며 했었던 말들을 수집해서 문장 스티커와 엽서를 만들게 된 것이다.

유명인이 아닌 평범한 사람의 말이지만 옛 성인 못지않게 마음의 울림이 있는 문장들이 많았다. 나에게 가장 힘이 되었던 문장은 '기다려야만 하는 시간들이 있다. (이민정)'이다. 마음대로 되지 않아 답답하고 조급해질 때마다 이 말을 반복해서 외치곤 했다. 그러다 보면 마음이 차분해지고 마음의 여유가 생기는 기분이 들었다.

과정이 쉽지는 않았지만, 눈에 보이는 결과물이 나왔을 때의 감동은 평생 잊을 수 없을 것이다. 회원들의 응원과 운영진의 지원 덕분에 경력단절 후 나의 첫 프로젝트는 성공적이었다.

배우고 도전하며 결과물까지 냈다는 것에 보람을 느꼈지만, 온라인 커뮤니티 덕분에 얻은 가장 큰 수확은 사람이다. 직접 대면한 적도 없는 사람들과 마음을 터놓고 이야기하다 보니 어느새 인생 동반자가 되어 있었다. 서로를 응원하고 믿어주는 사이. 이 이상 무엇이 필요할까.

외국처럼 나이 상관없이 친구가 되고 싶다던 나의 꿈을 온라인 친구들로 이루었다. 언니, 동생이 아닌 OO님. 서로의 지금을 이야기하며 응원한다. 꿈을 꾸게 도와주고 꿈을 향해 나아가도록 독려해 준다. 함께 나아가는 동행자들.

지역적 거리로 자주 만날 수는 없지만, 존재만으로 든든한 존재. 나는 그들과 함께 꿈꾸며 살아가는 오늘이 참 좋다.

완벽하지 않아도

한동안 자동차를 타고 다니던 때였다. 그날은 주차가 힘들 거라 예상되었기에 오랜만에 버스를 탔다. 금방 내릴 거라 뒷문 앞에 서 있는데 창문에 파란색 포스터가 보였다. 서울특별시버스운송사업조합에서 하는 아이디어 공모전이었다. 응모 주제에 '서울시내버스에 대한 특별한 기억과 사연 혹은 좋은 점의 홍보(표어, 글, 포스터, 영상)'라고 쓰여 있는 것이 눈에 들어왔다. '영상'이라는 단어를 보는 순간, 나의 '일상여행자' 유튜브 채널이 떠올랐다. 공모 마감 기간은 3월 31일 금요일. 공모 포스터를 본 날은 28일 화요일이었다. 작업할 수 있는 기간은 수, 목, 금 3일뿐이다.

날짜를 보니 고민이 되었다. '내가 할 수 있을까. 단 3일 만에...'

'차만 타고, 다녔으니 이런 좋은 기회를 몰랐지' 하는 자책이 들면서도 '그래도 끝나기 전에 알아서 다행이다.' 라는 생각까지 다양한 감정이 오갔다.

많지는 않지만, 찍어둔 영상이 있으니 그것을 이용해서 도전하기로 했다. 예정되어 있던 일정을 마치고 집에 오자마자 저장해 둔 영상을 찾았다. 분명, 외장하드에도 저장하고 태블릿에도 있다고 생각했는데 많은 영상이 사라지고 없었다. 유튜브 채널을 중단하면서 제한된 데이터 용량 때문에 삭제했던 것이 떠올랐다. "아뿔싸!" 당황스러웠다.

기록하고 관리하는 것의 중요성을 뼈저리게 느끼는 순간이었다. 불안하게 요동치는 마음을 진정시키고 지금 있는 영상들을 모았다. 모아놓고 보니 할 수 있을 거라는 자신감이 생겼다. 밤늦게까지 이어진 작업은 다음날도 이어졌다. 하지만 영상을 만들면서 한 가지가 마음에 걸렸다. 버스를 타고 촬영했던 때가 대부분 겨울이어서 봄과 여름의 풍경이 없었다. 그 순간 창문 밖으로 벚꽃이 보였다. "벚꽃 풍경을 넣자. 어디로 가면 좋을까?"
"여의도! 윤중로 벚꽃길! 너로 정했다."

버스 노선을 체크하고 밖으로 나갔다. 가깝다고 해도 여의도로 가는 길은 복잡했다. 지하철을 타고 국회의사당역에서 내려서는 461번 버스를 탔다. 윤중로를 가로질러 가는 버스는 아니었지만, 벚꽃을 담기에 충분했다. 윤중로는 워낙 유명해서 뉴스로 자주 봤지만, 그 주변으로도 벚나무가 그렇게 많은지는 몰랐다. 많은 사람이 벚꽃을 배경으로 사진을 찍고 있었다. 역시 봄다운 풍경이다. 영상을 찍느라 여유 있게 감상할 수는 없었지만, 사람들의 행복한 모습을 보는 것만으로도 즐거웠다.

이제는 충분하다는 생각에 버스에서 내렸다. 낯선 장소다. 아침도 못 먹고 나와서인지 갑자기 배가 고팠다. 운명처럼 정류장 바로 앞에 빵집이 있었다. 아담한 공간에 종류는 많지 않지만 예쁘게 구워진 빵들이 먹음직스럽게 진열되어 있었다. 내가 좋아하는 소금빵과 단팥빵을 골라서는 버스를 기다리며 먹는데, 맛이 예술이다. 많이 달지 않아 맛있는 팥앙금이 들어있는 단팥빵과 속이 부드럽고 적당히 짭짤한 맛이 담백하게 느껴지는 소금빵.

만족스러운 영상과 맛있는 빵집의 발견까지 벚꽃 촬영은 성공적이었다. 하지만 더 즐길 여유가 없었다. 서둘러 집으로 돌아왔다. 만들어 둔 영상에 벚꽃길까지 추가하니,

이제야 내가 원하는 그림이 완성된 듯했다.

하지만 세상에 쉬운 것은 없다는 말은 어디에나 통하지 않던가. 마음에 들 때까지 영상의 순서도 재배치하고, 글꼴도 잘 어울리면서 가독성이 높은 것으로 찾고 내가 전하고자 하는 감성에 맞는 배경음악을 고르기 위해 수십 개의 음악을 듣다 보니 시간은 금세 지나갔다. 겨우 기한에 맞춰 결과물을 제출했다.

잘하고 싶다는 욕심에 잘 자지도 못했지만 끝내고 나니, 힘들었던 마음은 결과에 대한 기대와 설렘으로 바뀌었다. "에이, 기대하지 않아. 3일 만에 해놓고 무슨 기대. 나도 웃기지."하는 말을 하면서도 마음속으로는 '그래도 혹시 모르지. 헤헤' 하며 웃고 있었다.

기대하던 결과는 쉽게 나오지 않았다. 4월 말에서 5월 초에 나온다는 결과는 5월이 되었는데도 나오지 않았다. 5월 3일. 시아버님 기일이라 가족이 함께 포항 시댁으로 가는 기차 안에서 낯선 번호의 전화를 받게 되었다. 평소 같으면 모르는 번호는 받지 않는 데 그날따라 전화를 받고 싶더라니. (아버님의 선물이었을까.) 서울시내버스 공모전 운영사무국이었다. 영상의 저작권에 문제가 없는지 확인하는 전화였다. 순간, 수상 가능성이 있다는 것을 직감했다. 하지만 공식적으로 발표하기 전까지는 단정 지을 수가 없었다. 기대하는 마음 반, 기대하지 말자고 다짐하는 마음이 반이었다.

.

그렇게 5월 5일. 어린이날. 어린이날 선물처럼 홈페이지에 수상자가 공표되었다. (게시는 4일에 했으나, 내가 확인한 날은 5일이었다.) 영상 부문 장려상에 내 이름이 있었다. "우와. 해냈다." 소리가 절로 나왔다. 함께 있던 남편과 어머님께 소식을 전하니, 모두 놀라워하며 축하해 주었다. 공모전에 도전하겠다는 결심부터 영상을 만드는 모든 과정을 지켜봤던 남편이 가장 크게 기뻐했다.
"거봐, 나 아직 안 죽었어. 나도 할 수 있다고!!"
남편에게 너스레를 떨면서 눈물이 나오는 걸 겨우 참았다.

아이가 커가면서 시간적 여유가 생기니 하고 싶은 일이 많아졌다. 그래서 기회만 보이면 도전했다. 채택되면 제품으로 만들도록 도와주는 '생활발명코리아 대회(한국여성발명협회 주관)'에 아이디어를 제안하기도 하고 '성평등콘텐츠대상 아이디어 공모전(한국양성평등교육진흥원 주관)'에도 기획안을 냈었지만 모두 떨어졌다.
유튜브도 그중 하나였다. 구독자 24명, 동영상 20개에서 포기했지만 결심하고 행동으로 옮겼던 과거의 내가 정말 고마웠다. 실패라고 생각했지만, 그런 시간이 있었기에 공모전에도 도전할 수 있었다. 결심하고 행동했던 그때의 나와 지금의 나에게 한마디 하고 싶다.

"멋지다. 정은아!"

괜찮아

나는 익숙한 장소를 좋아하지만, 우연히 만나는 낯선 골목도 좋아한다. 시끌벅적한 분위기를 좋아하지만, 조용히 혼자 걷는 산책도 좋아한다. 말이 많고 외향적인 거 같으면서도 어느 순간에는 조용하고 내성적이다.

'이런 사람이야'라고 정의할 수 없는, 경계가 모호한 사람. 이게 바로 나다.

하지만 나는 아직도 내가 어렵다. 40년 이상 함께 했는데도 말이다. 컴퓨터 프로그래머, 상품 기획, 제품 디자이너, 문화예술 사회공헌 기획자 등 다양한 일을 해봤지만 어떤 일이 내가 원하는 길인지 찾지 못했다. 행복한 일을 찾기 위해 헤매고 있다고 생각했지만, 행복이 무엇인지도 알지 못했다.

아이러니하게도 엄마가 되고서야 자신을 돌볼 여유가 생겼다. 육아에 지친 내가 살기 위해서라도 나를 봐주고 좋아하는 것들을 찾아야 했다. 고양이에게 말을 건네는 것도 바람에 흔들리는 나무와 나뭇잎을 보게 된 것도, 버스를 타고 여행을 떠나는 것도, 문만 나서면 가능했기에 할 수 있었다. 특별하지 않은 방법들이지만, 힘들 때면 꺼내쓰는 나만의 일상 행복법이다.

하지만 이런 방법들도 한가지는 해결하지 못했다.
'내 이름으로 사는 것.'

어린 시절에 하교 후 집에 엄마가 계시지 않으면 가실만 한 이웃집에 전화를 돌리며 엄마를 찾곤 했다. 이런 기억 때문에 내 아이에게는 집에 있는 엄마가 돼주고 싶었다. 하지만 육아할수록 나는 일을 해야 하는 사람이라는 사실을 깨달았다. 엄마라는 이름이 주는 행복도 크지만, 내 이름으로 사는 것도 중요했다.

그래서 나를 찾기 위해 노력하는 중이다. 진정으로 원하는 길이 무엇인지, 어떤 것을 좋아하고 무엇을 필요로 하는지 독서와 글쓰기와 다양한 강의 듣기로 탐구하고 있다.
그중에서 글쓰기는 생각을 글자로 시각화하는 과정이라

사는 것이 재미없던 그때의 나에게

고 생각한다. 눈으로 읽을 수 있는 문자로 표현하다 보니 추상적인 생각들이 객관적으로 보이기 시작했다. '심리 상담'을 받을 때 보면 상담자가 자신의 상황을 말로 설명 하다가, 그것을 귀로 들으면서 해답을 스스로 깨닫게 되 는 경우도 있지 않던가.

글을 통해서 주인공이 아닌 관찰자가 되어 그 상황을 지 켜보는 관객이 될 수도 있다. 주인공의 입장에서는 '바 보같이 왜 그랬을까. 나는 정말 못났다.'라고 할 수 있는 상황에서도 관객은 '주인공이 실수했네. 그래도 저런 상 황이면 나라도 그랬을 거야. 잘했다. 잘했어. 이미 지나 간 일이야. 얼른 털고 일어나! 힘내라고!'라고 할 수 있 는 것이다.

삶을 글로 정리하다 보니 실패로만 보였던 방황했던 시 간이 쓸모없는 것이 아니었음을 알게 되었다. 그리고 지 금의 나를 있게 한 이유 있는 과정이었음을 인정하게 되 었다.

〈아티스트 웨이(줄리아 카메론 지음)〉라는 책에서는 창 조성 회복 도구로 '모닝 페이지'를 추천한다. 모닝 페이 지란 간단히 말해 매일 아침에 일어나자마자 의식의 흐름에 따라, 노트 세 쪽 정도를 글로 채워나가는 것이다. '피곤하다. 지금 일어나서 무엇을 하는 거지. 이게 무슨 의미가 있나.' 하며 두서없이 쭉 써 내려간다. 그렇게 의미 없는 글들을 쏟다 보면 어느새 나에게 필요한 메시지들이 나올 때가 있다. 요즘 왜 잠을 못 자는지, 마음이 불안했던 이유가 무엇이었는지. 나도 모르던 현재의 상태와 이유가 은연중에 나오는 것이다. 이런 발견이 매일 있는 일은 아니지만, 계속해서 쓰다 보면 먼지 더미 밑에 숨어있던 나의 진심을 알게 된다.

얼마 전에 모닝 페이지를 통해 알게 된 사실이 하나 있다. 나는 특정 직업의 일을 하는 것이 행복한 사람이 아니라, 좋은 사람들과 함께해야 행복한 사람이라는 것이다. 그래서 나는 멋진 직업을 찾으려는 노력보다 멋진 사람들과 함께 도전하며 즐겁게 살아갈 생각이다.

엄마이면서 '박정은'이기도 한 나. 글쓰기를 통해서 질문하며 답을 찾고, 스스로 응원하며 나만의 길을 만들어갈 것이다.

아이를 씻길 때면 화장실 거울에 비친 아이의 얼굴 위로 나의 모습이 보인다. 늦은 나이에 결혼하여 낳은 아이가 커갈수록, 늙어가는 나를 보면 새삼 슬퍼진다. 그럴수록 웃으며 말을 건넨다.

'사랑해.

너의 지금의 모습도,

앞으로의 모습도 모두 사랑해.

함께 잘해보자. 정은아'

42살에 애를 낳았습니다

서수경

미래의 행복을 위해 오늘 하루 잘 살았다로
마무리 할 수 있는 힘을 기르고 있는
몽상애주가

누가 종소리가 울린다고 했던가?

삐쩍 마른 몸, 어깨까지 내려오는 머리, 까만 피부, 실없이 웃는 모습, 전혀 내 이상형이 아니었다. 근데 이상한 건, '왠지 저 사람하고 엮일 것 같다' 라는 생각이 스쳤다. 남편을 처음 만난 건 회사 면접 자리에서였다. 남편이 먼저 다니고 있었고, 난 그 후에 입사했다. 남편의 직급은 대리, 난 주임이었다. 날이 갈수록 그가 내 주위를 맴도는 게 점점 느껴졌다. 하지만 내 주위만 맴도는 것도 아니었기에 확인이 필요했다.

퇴근 후, 회사 아르바이트생과 같이 술 한 잔을 기울이며 회포를 푼 날이었다. 그 아르바이트생이 먼저 남편 이야기를 꺼냈다. 아르바이트생도 지금의 남편이 자기를 좋아하는 것 같다고 말하는 게 아니겠는가? 여기저기 다 찌르고 다녔나 하는 생각이 들어서 우리는 동시에 문자를

42살에 애를 낳았습니다

보내기로 했다.

'넌 내 꺼야'에 대한 답장은 나에게 왔고, 무슨 일이냐고 새벽에 집 앞으로 한달음에 달려왔다. 이 일을 계기로 남편과 연인 관계가 되었다. 회사에 말하지 말라고 하던 남편이 여기저기 말하고 다녀 소문은 삽시간에 퍼졌다. 오히려 퇴근을 같이 할 수 있어서 좋았다. 그렇게 같이 회사에 다니다 내가 좋아하는 일을 하고 싶어 먼저 퇴사했다.

2년 동안 연애하고 남편 집에서, 내 집에서도 결혼 이야기가 나왔다. 4살 연하인 남편의 아버지가 나이 많은 며느리를 원하지 않으셔서 반대가 있었다.
어느 날, 남편이 이렇게 말했다.

"아버지가 지인 딸이랑 선을 한번 보라고 해서 일단 만나고 올게" 속으로 '헤어지자는 건가' 싶었다. 선을 보는 당일 해맑게 "일단 갔다 올게" 말하는 남편이 야속했다. 아버지한테 거부 의사를 말 못 하는 것도 괘씸하고 '저 사람이 나를 사랑하지 않는 걸까?'라는 생각이 들어 일주일을 울었다. 전화도 받지 않다가 답을 주기 위해서 핸드폰을 들었다.

"우리 이제, 그만하자"
이 말을 듣고 남편이 갑자기 서둘렀다.

"어머니가 집에 한 번 와보래"

친구처럼 지냈던 엄마에게 상의했다.

"엄마 난 도저히 용서가 안 돼, 그냥 결혼 안 할래"

엄마가 화들짝 놀라며, "너한테 말하고 갔다 왔다면 괜찮아. 그냥 해" 아마도 이때 아니면 얘가 평생 결혼 못 할 것 같다는 촉이 있으셨던 것 같다.

엄마의 성화에 못 이겨 호두 파이를 구워 어머니를 뵈러 갔다. 다행히 어머니는 나를 좋게 봐주셨다. 어머니가 아버님을 설득해서 결혼에 골인할 수 있었다. 지금 생각해 보면, 그때 결혼하지 않았다면 지금도 혼자 살았을 가능성이 크다.

네가 우리에게 와주기까지

나는 뭐든지 느렸다. 생일이 12월이라서 그런지 엄마도 키우는 내내 답답했었다고 하셨다. 결혼하고 나서 아이 갖는 것도 늦어졌다. 처음 1~2년은 아이를 가질 생각조차 안 했었는데 더 이상 늦어지면 안 되겠다는 생각에 시험관 아기 준비에 돌입했다. 우리나라에 이런 제도가 있는지도 몰랐고 난임부부가 생각보다 많다는 점에 더 놀랐다.

대구에 있는 시험관 아기 명의가 있다고 해서 전문병원을 찾아갔다. 선생님이 지금이라도 잘 왔다고 말해줘 마음이 한결 가벼워졌다. 그때부터 배란일에 맞춰 배에 배란유도제 주사기를 놓고 약도 엄청 많이 먹었던 기억이다. 사람들이 주사를 맞기 너무 힘들지 않았냐고 물어보지만, 나는 생각보다 주사 맞는 게 그리 힘들지는 않았다. 그렇게 첫 시험관 아기가 성공인 줄 알았다.

첫 시도에 성공했다고 너무 방심한 탓일까? 다음 검진일에서 초음파 검사를 했더니 아기 심장이 안 뛴다고 했다. 심장이 무너져 내리는 줄 알았다. 하필이면 그날 친구와 약속이 있었는데 친구가 내 얼굴을 보자마자 무슨 일 있냐?고, 얼굴이 하얗게 질렸다고 했다. 가족 말고는 시험관 아기 준비한다고 아무에게도 알리지 않았기에 "체해서 그런가?"라고 말하며 얼버무렸다.

사실, 배 속의 아기 심장이 뛰지 않는다고 믿고 싶지 않았다. 선생님의 오진일 걸로 생각하고 서울에 있는 병원 본원을 찾아가서 다시 검진받았다. 역시 내 믿음이 틀렸다. 청천벽력이었다. 이날은 남편도 같이 갔었는데 검진 후 둘이 아무런 말 없이 집으로 돌아오며 "아이 없으면 어때. 우리끼리 행복하게 살자"라며 서로를 위로했다.

하지만 한 가지 더 남은 숙제가 있었다. 계류유산으로 태아가 자궁 내에 잔류하고 있어서 소파 술을 받아야 했다. 대구까지 가서 수술받으려면 기차 타고 가는 내내 울음이 그칠 것 같지 않아 서울에 있는 다른 병원에 예약했다. 드디어 수술 날, 나름대로 씩씩해지려고 노력했는데도 당일이 되니 너무 떨렸다. 차가운 수술 침대 때문이었는지 입술이 파르르 떨렸다. 그 순간 간호사의 말이 들려왔다.

"자 이제 잠이 들 거예요. 하나, 둘, 셋"

얼마 지나지 않아 "환자분 깨어나세요" 라고 하는 간호사의 말이 귓가에 희미하게 들렸다.

수면마취에서 깨어보니 침대에 누운 채 차가운 수술방에서 회복실로 옮겨지는 중이었다. '아! 끝났구나. 잘 가, 아가야, 잠시라도 나를 엄마로 만들어줘서 고마워'라고 마음속으로 되뇌었다.

집에 가는 길에 여태까지 못 먹었던 커피나 사 먹자, 하고 호기롭게 주문하고 벌컥 마셨다. 눈물이 나올 줄 알았는데 다행히 긍정 회로 시스템이 내 머릿속에 가동되었다. '다시 하면 되지! 힘내자!'

그날 저녁, 출산한 거랑 똑같다며 시어머니가 미역국이랑 이것저것 먹을 것을 챙겨다 주셨다. 감사한 마음으로 미역국을 싹싹 긁어먹고 컨디션을 회복했다. 그 후로 나는 한차례 실패를 더 하고 세 번째 시험관 아기 임신에 성공했다.

드디어, 아기 심장박동이 뛰는지 확인하러 가는 검진 날, 너무 떨려서 내 심장이 터지는 줄 알았다. 초음파로 검진을 시작하며 화면을 뚫어져라 쳐다보는데 선생님이 "여기, 심장이 잘 뛰네요" 라고 말하는 순간, 내 눈에서 눈물이 흘러내렸다. 양가 집안에 너무 말하고 싶었지만. 안정기인 임신 12주 차까지 기다려 아이 심장이 뛰는 거 보고 말하고 싶었다. 시간이 흘러 두 집안에 말하니 양가 부모님 모두 '수고했다. 고생했다' 라고 말해 또다시 눈물을 쏟고 말았다.

한 차례 시련이 닥치다

  인터넷 쇼핑몰 장바구니에 아이 물건, 아이 용품, 이것저 것 담다 보니 실감이 안 나면서 얼떨떨했다.
'내가 엄마가 된다고?' 생각만 해도 신나고 기쁘고 설레 고 약간은 두려운 마음이었다.

  그날도 여느 날과 다름없었다. 저녁 식사 준비하기 전 샤 워를 하고 있었는데 밑에서 빨간 것이 흘러나오는 게 아닌 가? '안돼!' 너무 놀라서 일단 다니던 산부인과에 전화부 터 했다. 자초지종을 얘기하니 "지금 6시인데 야간진료 6 시 30분까지니까 빨리 오세요" 라고 간호사가 말했다. 한 시가 급한데 퇴근 시간을 종용하는 간호사가 야속했지만 그걸 마음속에 가지고 있을 여유조차 없었다.

  머리가 젖었건 말건 무조건 뛰쳐나가서 택시부터 잡았

다. 택시를 타자마자 "청담역으로 가주세요" 말하고 숨을 돌리려는 찰나 가는 방향이 달랐다.

"기사님~지금 어디로 가시는 거예요?"

"청량리역 아니었어요?"

"아니요~ 청담역이요"

"아이고 미안합니다. 난 청량리역으로 들었어요"

안 그래도 한시가 급한데 '나한테 왜 이러나?' 하는 생각이 들었다. 드디어 병원에 도착했다. 차에 내려 빨간색 신호등이 빨리 바뀌기만 기다렸다. 시간이 멈춘 듯했다. 초록색 신호등으로 변하는 순간 경보로 병원을 향했다. 당직 선생님이 초음파를 봐주셨다. 내가 울먹거리며 하혈했다고 말하니까 서둘러 진료 볼 준비를 해줬다.

"어디 봅시다, 어? 아기 잘 놀고 있는데요?"

"네? 아! 하느님 아버지, 부처님, 모두 다 감사합니다"

"지금 무슨 약 먹고 있어요?"

"아스피린, 비타민D랑 오메가요"

"아스피린을 먹으면 안 되는데?"

"그래요?"

"혈전 형성을 막아주는 약이에요. 이제부터 먹지 마세요. 아이 잘 노는 거 확인했으니까 이제 집에 가서 잘 쉬어요. 그리고 웬만하면 누워있어요"

"네~ 감사합니다. 선생님. 감사합니다"

시험관 아기 시술할 때는 아스피린을 먹어야 하지만 임신 후에는 복용할 필요가 없었다. 천만다행이었다.

바로 생각나는 사람이 친정엄마여서 그리로 향했다. 밤 늦게 사색이 되어 친정집에 들어오는 날 보고는 물었다.

"이 시간에 무슨 일이야?"

"엄마 나 하혈해서 병원에 다녀오는 길이에요"

"뭐라고? 아이고 세상에 얼른 누워있어" 아무 말도 묻지 않으시고 그저 딸의 몸부터 챙겨 주셨다.

"근데 아이는 괜찮대요"

"그래? 너무 다행이다. 다행이야"

그날부터 배 속의 아이를 지키기 위해 친정집에 머물며 침대와 한 몸이 되었다. 엄마는 아침, 점심, 저녁, 매 끼니 때마다 "뭐 먹고 싶은 거 없냐?"물어보고 살뜰히 챙겨 주셨다. 하지만 엄마도 나이가 70대가 넘어가다 보니 몸에 약간의 무리가 왔나 보다. 그렇게 친정집에서 지내다가 이제 괜찮겠다 싶어 다시 집으로 돌아온 후였다.

새벽 6시에 친정 오빠한테서 전화가 왔다.

"오빤데, 어머니가 병원에 안 가셔, 너의 말은 잘 들으시니까 네가 병원 좀 가라고 말해봐"

"응, 알겠어"

이제 새벽에 전화가 오면 조금 무서운 마음이 들어 심장이 쿵쾅거리며 전화를 받았다. 자초지종은 이러했다. 내가 친정집에 있는 동안 삼시세끼랑 간식을 챙겨 주느라 무리하셨는지 어지럽다고 하셨다. 고혈압이라는 지병이 있어서 매일 약 복용을 하고 계시지만 어지러워하는 건 처음이었다. 병원에 가서 검사받아보자고 하니, 병원은 없는 병, 있는 병 다 얘기한다고 싫다고 하신 모양이다.

걱정스러운 마음에 마음씨 착한 오빠가 너의 말은 듣지 않겠냐면서 전화한 거였다. 결국, 오빠의 손에 이끌려 검사를 받게 되었고 빈혈과 위궤양이라는 의사의 진단을 받으셨다. 엄마는 개방적이면서도 약간 폐쇄적인 면이 있는 분이다. 그래서 병원에 잘 안 가려고 하셨다. 그러나 지금은 오빠와 나의 이중 잔소리 폭격으로 병원에 잘 다니신다.

아무도 알려주지 않은 고통

드디어 출산 날이 다가왔다. 아이가 40주 넘어가도록 나올 생각을 안 해서 유도분만을 하기로 했다.

'8시간 금식, 굴욕의 관장, 무통 주사, 왕 바늘'

그날 기억을 떠올려 보니 이런 단어들이 생각난다. 배에 아기 태동 소리를 들을 수 있게 센서를 부착해 주는데, 그 소리는 너무 귀여운 기억으로 남아있다.

'쿵쿵쿵 쿵쿵쿵' 아기 심장 소리였다.

아이 성격이 느긋한 편인지 나올 생각을 안 했다. 결국 이날은 유도분만을 끝내고 다음 날 다시 시작해 보자고 했다. 다음 날, 다시 유도분만 시작!

"아이가 왜 이렇게 안 나오지? 짐볼 좀 가져다드릴게요. 운동 좀 하고 계세요" 짐볼 운동을 하다 보니 다른 병실에서 진통 소리가 여기저기 들려왔다.

나는 진통이 언제 오나? 생각하는 순간 양수가 터지면서 내가 이제껏 경험해 보지 못한 상상 못 할 고통의 세계가 펼쳐졌다. "으악" 내가 내지르는 소리를 듣고 수간호사로 보이는 분이 들어왔다.

"OOO 산모 진통 시작이에요. 준비하세요"

"산모분~ 남편분 어디 가셨어요? 아기 나올 것 같은데"

"몰라요~ 그냥 없어도 돼요"

너무 아프니 아무 생각 없이 말을 내뱉었다. 하필이면 주차할 때부터 차가 말썽이었는데 남편이 자리를 잠시 비웠을 때 진통에 걸렸다. 남편이 병실에 돌아와 보니 내가 이미 진통 중 이어서 놀랐다고 했다.

"자! 이제부터 심호흡할게요. 하나, 둘, 셋! 산모분 힘 주세요!"

"미역국!"

유도분만으로 이틀간 금식했기 때문에 얼른 낳고 미역국 먹을 생각으로 외치며 힘을 줘봤지만 소용없었다.

"한 번만 더 힘줘볼게요!" 간호사 선생님이 배 위에서 아이를 두 손으로 밀어 줘봤지만, 아기가 내려올 생각을 안 했다. 담당 선생님이 안 되겠다고 아이가 엄마 골반에 걸려서 못 내려온다고 수술 결정을 해야겠다고 했다.

서둘러 수술동의서에 사인하고 수술실로 들어갔다. 부

분마취로 하려고 배에 마취하고 꼬집어 보는데 감각이 다 느껴졌다. 아프다고 하니 안 되겠다고 전신 마취해야겠다고 했다. 얼마 뒤 잠이 스르륵 들었다.

깨어보니 배속은 홀쭉해져 있고 아이는 없고, 너무 추워서 이빨은 달달 떨리고 목소리가 안 나왔다. 간호사 선생님이 보이자마자 물었다.

"아이 건강해요?"

"네, 손가락 10개, 발가락 10개고 잘 울었어요"

"환자분 피를 많이 흘려서 피를 세 팩 수혈했어요. 좀 쉬고 계세요"

'난 참 쉬운 게 없구나'

전신마취 수술을 하니 아이를 바로 볼 수 없어서 서운했는데, 아이는 생명 유지를 위한 처치 하고, 신체 측정, 손, 발 도장을 찍고 신분 확인을 위해 아빠, 엄마의 이름이 적힌 발찌를 하고 신생아실에서 보낸 후 4시간 후에 병실로 데려다줬다.

"너구나~ 반가워"

아이를 만나자마자 건넨 첫마디다. 신생아를 처음 본 나는 모든 게 신기했다. 너무 작고 소중한 내 아이.

처음 안으니 깃털처럼 가볍게 느껴지고 몸이 따뜻했다.

모든 게 신기했다. 조그마한 얼굴에 눈썹, 눈, 코, 입이 있는 것도 신기하고 배고프다고 빽빽 우는 것도, 어찌나 귀엽던지 말이다. 황금 같은 산부인과 특실 생활을 마치고 조리원 생활이 시작되었다.

사전 지식이 너무 없었던 탓에 신생아가 두 시간에 한 번씩 먹는지 몰랐다. 두 시간마다 아이가 배고프다고 우는데 나도 산후조리 중이라 너무 힘들었다. 이번에는 모유 수유가 말썽이다. 엄마는 나를 1년 내내 모유를 먹였다고 해서 내 아이도 1년은 먹여야겠다고 생각하고 있었다. 조리원에서 유축기로 젖을 짜는데 너무 안 나와서 이상하다고 생각했는데 남들보다 모유량이 적었다. 조리원 원장님이 나를 따로 불러 아주 조심스럽게 말을 꺼냈다.

"산모분은 모유 양이 적은 거 아시죠?"

"네"

"이제부터 그냥 분유로 아이 우유 줄게요"

"아~네"

사실은, 내가 모유 양이 적은 걸 몰랐다. 다 그렇게 나오는 줄 알았다. 원장님이 첫마디를 뗄 때 눈물이 나오려고 했지만, 꾹 참았다. 결국 초유만 먹이고 분유를 먹이게 되었다.

요즘 분유는 너무 잘 나오기 때문에 더 잘 되었다는 생각도 솔직히 들었다. 유축기로 가슴이 망가질 일도, 단모로 고생할 일도 없이 무사히 모유 끊기가 자연스럽게 행해졌다.

내가 모유를 못 먹인다는 생각에 분유만큼은 좋은 걸로 골라 먹이고 싶었다. 마트 분유 진열대를 찾아가 성분표를 일일이 확인하고 맘 카페에 매일 들어가 분유 후기를 꼼꼼히 읽었다. 마음에 드는 분유를 발견하고 그 상표로 결정했다.

배고프다고 울 때면, 뱃고래가 큰 아이라 입을 크게 벌리고 자지러지는데 마음 급한 초보 엄마는 허둥대기 일쑤였다. 뜨거운 물에 탄 분유는 알맞은 온도로 식혀야 해서 우는 아이 달래랴, 우유 제조하랴 여러모로 식은땀이 나던 시절이었다. 울다가 젖병을 입에 물려주면 뚝 그쳤던 아이를 생각하면 지금도 웃음이 절로 난다.

그때 빨래를 널지 않았더라면

아이가 어린이집에 다녀 기관 생활을 하고 있을 때였다. 코로나19로 인해 3달째 가정 보육을 하고 있었다. 일상생활에 너무 지쳐 미디어의 힘을 조금씩 빌릴 때라 '시크릿 쥬쥬'를 틀어주고 빨래를 널러 베란다로 나갔다.

"엄마 빨래 널고 있을 테니까 보고 있어"
"응, 알겠어"

.

.

.

쿵!
'설마 다친 건 아니겠지?'

빨래를 집어 던지고 집 안으로 뛰어 들어가 보니 현관

42살에 애를 낳았습니다

에서 아이가 피를 흘리고 울고 있었다. "악~어떡해!" 아이 머리를 살펴보니 5cm 정도 찢어져 있었다. 처음 있는 일이라 너무 당황한 나머지 어느 병원에 찾아가야 하나 생각이 나질 않았다. 마음이 급한 나머지 "엄마 전화기 어디 있어?"라고 버럭 소리를 지르니 아이가 나 때문에 더 놀라 자지러지게 울었다. 핸드폰을 찾자마자 버튼을 눌렀다.

"119죠? 아이가 머리가 찢어졌는데 어느 병원에 가야 해요?"

"일단 아이면 응급실에 가보시는 게 좋겠습니다. 구급차 불러드릴까요?"

"아니요, 그러면 소아응급실로 가도 된다는 말이죠? 감사합니다" 코로나19 확산세가 심할 때라 구급대원들 힘들까 봐 알아서 간다고 하고 끊었다. 아이 다친 부위를 지혈하며 택시 타고 가면서 '내가 그때 빨래를 널지 말았더라면' 이라고 나를 계속 자책하게 되었다.

소아응급실로 들어가는데 내가 너무 벌벌 떠니까 "어머니가 떠시면 아이가 더 떨려 해요" 라고 의사 선생님이 말해 '아이는 괜찮다. 괜찮을 것이다' 라고 되뇌었다. 그랬더니 떨리는 감정이 조금씩 사그라들었다. 코로나19 사전문진을 하고 들어가서도 한참을 앉아서 기다리는데 왜 이렇게 안 불러줄까 싶었다. 아이가 '머리를 다쳐서 병원에서 조금 더 지켜보려고 하나 보다' 생각이 들었다.

"아이 어디에서 다쳤어요?"

"빨래 널러 간 사이에 소파에서 떨어져서 머리(두피 부위)가 찢어졌어요"

"아이고, 생각보다 많이 찢어졌네"

아이들은 마취할 때 위험할 수 있어서 스테이플러로 찍는다고 했다. 조그마한 머리에 스테이플러를 찍는다니 '내가 그때 빨래만 널지 않았더라면'

다행히 아이는 씩씩하게 스테이플러 처치도 잘 받고 나중에 스테이플러 심 제거술도 잘했다. 내가 부주의해서 다쳤다는 자책감에 아이가 해달라는 백설 공주 역할 놀이를 1만 1890번쯤 해줬던 것 같다. 자다가도 벌떡 일어나 '이쁜 아가씨~사과하나 먹을래?'가 저절로 나왔다. 놀이하는 도중 눈에 들어오는 머리의 상처 부위가 내 마음을 아리게 했다.

나중에 아이가 이야기를 정확히 해줬다. 소파에서 뛰다가 떨어진 게 아니고 신발에 걸려서 넘어진 거라고 했다. 그렇다고 피가 난다고? 생각해 보니 그날, 머리에 핀을 꽂고 있었는데 그게 화근이었다. 날카로운 쪽이 머리에 찔리면서 상처가 난 거였다. 그나마 이 정도인 게 다행인 걸로 생각하기로 했다. 아이들은 언제 어디서든지 다칠 수가 있으니 내가 항상 신경을 써야 한다고 말이다.

 얼마 전, 또 같은 실수를 하고 말았다. 정말 순간이었다. 아이가 다리 한 발짝을 올리면 미끄럼틀 판위에 올라갈 수 있으려니 하고 바라보고 있었는데, 순식간에 바닥으로 떨어졌다. 어른 키보다 높은 곳에서 떨어져 걱정이 앞섰다.
 아이를 진정시킨 후 일자로 걸어보라고 한 뒤 집에 가서 몸 구석구석 살펴보니 엉덩이 대퇴부 부분에만 멍이 들어 있었다. 퇴근하는 길에 전화 한 남편에게 말하니, 얼른 응급실에 가보자고 해서 남편이 집에 도착하자마자 응급실로 향했다. 외관상으로는 아무 문제 없으나, 높은 곳에서 떨어져 엑스레이를 찍어 보는 게 좋겠다고 했다.
 다행히 아무 이상 없었다. 아이가 말하길, 떨어지면 엄마가 받아줄 줄 알고 손을 놓쳤다고 했다. 난 나름대로 아이가 발을 올리면 갈 수 있겠거니 한 게 문제였다. 아이가 다치는 건 순간이라는 어른들의 옛말이 떠올랐다.

나 할머니 아닌데?

아이가 30개월쯤 되었을 때 아파트 놀이터에 나가 논 적이 있었다. 같은 아파트에 사는 동네 초등학교 여학생이 나한테 오고는 "근데 엄마예요, 할머니예요?" 이러는 게 아닌가? 아뿔싸!

내가 그렇게 보일 수도 있겠구나, 제발 할머니 소리만 듣지 말자! 다짐했었는데 말이다. 바로 내 형색을 살펴보았다. 염색도 안 한 채로 새치가 힐끔힐끔 보이는 뒤로 질끈 묶은 머리, 화장 안 한 맨얼굴, 무릎 늘어난 운동복, 주황색 티셔츠를 입고 있었다. 내가 꿈꾸던 엄마는 이 모습이 아니었다. 멋진 엄마까지는 아니더라도 이런 추레한 엄마는 되고 싶지 않았다. 내 자존감이 바닥을 친 날이었다.

이대로는 안 되겠다 싶어 일단은 나 자신을 가꾸기로 했다. 어차피 외모는 가꿔봤자 기대치가 없어서 내면을 바

42살에 애를 낳았습니다

꿔 보기로 했다. 첫 번째로 눈을 돌린 곳이 도서관이었다. 우리나라 도서관은 책을 빌릴 수 있을 뿐 아니라 여러 좋은 프로그램도 같이 진행한다. 작년 한 해 들었던 프로그램만 해도 15개 강좌가 넘었다. 주로 그림책과 아이 감정 코칭에 대한 강좌를 들어서 따로 육아서를 사서 보지 않았다. 그림책을 좋아하니 아이에게도 어떤 그림책을 읽어주면 좋을까? 생각해서 개월 수에 맞는 책을 선택해 잠자리 독서는 꼭 지켰다. 그 덕분인지 올해 6살이 된 아이는 스스로 한글을 읽고 쓴다.

도서관은 아이뿐 아니라 나에게도 좋은 영향을 주었다. 도서관을 자주 방문하니 책을 더 쉽게 접하게 되어 독서량도 늘게 되었다. 어렸을 때는 책 읽기가 너무 싫은 사람이었는데 엄마가 되고 나니 독서 시간이 좋다.

북스타트 자원봉사자를 모집한다고 해서 나의 역량을 넓혀 나가볼까 싶어 자원하게 되었다. 지금도 계속 활동하고 있는데, 아이들을 만나 책을 읽어줄 때마다 자존감이 차츰 올라갔다.

집에서 아이랑 씨름할 때보다는 뭐라도 배우러 다니니까 삶의 활력소가 생겼다. 아이를 어린이집에 데려다 놓고 월화수목금 꽉 채워 나의 자아 찾기 여정을 시작했다.

도서관에서 수업을 듣고 나니 배움의 열망이 더 생겼다. 온라인으로 무료로 들을 수 있는 수업은 거의 다 찾아서 들었다. '퍼스널브랜딩, 인스타그램 마케팅, 창업형 인간, 온라인 글로벌 셀러' 등. 작년 한 해, 내가 좋아하고 잘 하는 걸 찾아보자는 심정으로 이것저것 많은 것을 시도 해 보았다. 북큐레이터 과정 수료, 전자책 과정 수료로 전 자책 출간(크몽), 소장용인 그림책 한 권 내보고, 글쓰기 로 브런치 작가가 되었다. 도서관에서 오디오북 실습으 로 오디오북 녹음도 해보고 코로나로 미뤄졌던 보육 실 습도 마쳤다.

'진짜 나를 찾아보자' 라는 마음으로 도전을 더 열심히 한 것 같은데, 아직도 답을 못 구해서 다른 사람의 조언 을 듣고 싶었다. 왠지 그 지식창업 강사는 나에 대해 잘 알려줄 것 같았다. 온라인 지식창업 강의를 신청해서 수 업을 들으려고 하니 숙제를 먼저 내줬다. 장점과 약점 등 을 적어보고 그동안 무슨 일을 해왔는지 적어보라고 했 다. 메일 확인 후 전화가 왔는데 물어보고 싶은 말이 있 다고 했다.

"그래서 뭐 하는 사람이에요?"

순간 정적이 흘렀다. '내가 나를 모르는데 넌들 나를 알겠 느냐' 는 가사가 귓속에 휘 맴도는 듯했다. 그리고 그때 불현듯, 답을 찾았다. 나를 제일 잘 아는 사람은 나겠구나. 왜 타인에게서 나를 찾으려고 할까?

그 뒤로 타인에게 나를 찾아보는 일은 안 하기로 했다.

 그 말을 들은 뒤 허무하게 번 아웃이 찾아왔다.

'아! 안 되겠다 어디든 떠나야겠다'라고 생각하고 여행 사이트를 뒤지는 순간 엄마들 글쓰기 모임이 있었다. 이 거다 싶어 무조건 신청했다. 일주일에 한 번씩 만나 나에 대해 이야기를 써보니 조금은 나에 대해 알아가는 느낌 이 들었다. 서로의 글을 읽고 합평하며 힐링 되는 기분이 었다. 점점 잃어버린 나 자신을 찾아가는 느낌도 들었다.

 할머니 소리 들은 뒤로 꾸미려고 노력은 해보는데 잘은 안된다. 아이가 초등학교 들어가서는 더 늙어 보일 텐데 더 열심히 관리해야겠다고 다짐만 하고 있다.

 "아이 사춘기 때 어떻게 해야 해?"라고 친구들에게 물 어보면, "걱정하지 않아도 돼, 넌 그때 갱년기니까 네가 이길 거야"라고 항상 말해 준다. 농담 반 진담 반이겠지 만 그 말로 먼저 아이 사춘기 시기 묘수를 설정해 놓았다.

육퇴 후 마시는 맥주의 맛이란

 적당한 알코올은 미혼일 때도 좋아했지만 육아에 있어서 맥주는 하루의 일과를 마무리하는 힘이자 원동력이었다. 하루 내내 아이와 놀아주고 먹여주고 재워주면 하루의 일과가 끝났다. 냉장고에서 막 꺼낸 맥주를 '딸깍' 딸 때의 그 청량감 이란 말해서 무엇하랴. 특히 여름에.
못 보던 드라마와 시원한 맥주 한 캔이면 그야말로 나 혼자 만끽하는 소소한 행복이었다. 행복이란 별거이겠는가? 일상에서 좋아하는 것을 잔잔하게 느끼는 것도 행복이라고 생각한다.

 아이를 안아 재울 시기에는 맥주 한 잔이 간절했다. 빨리 재우고 냉장고에 넣어둔 맥주를 꺼내서 마시고 싶은 열망이 있어서이기도 했다. 네가 자줘야 내가 그 차가운 맥주를 한 모금 할 수 있지 않겠니? 라는 눈빛으로 아이를 바라봤다. 잠투정이 심하지 않은 아이였지만 어쩌다 한 번씩 속을 알 수 없게 우는 날이면 맥주 한 모금이 절실했다.

아이가 어렸을 때는 괜히 죄지은 것도 아니면서 맥주를 알려주기 싫어서 "이거는 엄마 보리차야"라고 말했다.
이제는 마트에 가면 아이가 냉장 코너에 가서 먼저 말한다.
"여기 엄마가 좋아하는 맥주 있다"
나보다 남편 얼굴이 빨개진다.

술을 좋아하지 않는 남편은 맥주 한 캔씩 즐겨 하는 걸 이해하지 못했지만, 아이가 태어나고 태도가 바뀌었다.
외식하러 가서 먼저 "맥주 한 잔 마실래?"라고 물어본다.
남편의 호의가 내심 좋다.

아이 갓난아기 시절에는 거의 독박 육아로 지내 남편이 미운 적도 많았고 육아 스트레스도 있어, 아이 재운 후 나 홀로 맥주 한 캔씩 마시는 루틴이 생긴지도 모르겠다.
그래도 날이 갈수록 육아에 동참하려는 모습이 보인다.
아이가 어느 정도 크고 주말에 한 번씩 아이를 남편에게 아이를 맡기고 외출하고 돌아오면 그동안 고생했겠다고 말한다. 평일에 퇴근하면 티브이만 보는 남편한테 아이를 맡기고 가도 괜찮을까? 라는 생각이 무색할 정도로 둘이 너무 잘 지내 다행이었다.

남편들은 닥치면 다 하게 되어 있나 보다. 남자들은 구체적으로 이야기를 해야 말을 알아듣는다는 소릴 어디서 들은 거 같다. 예를 들어 "아이 좀 봐줘"가 아니라 "몇 시부터 몇 시까지 아이 좀 봐줘"라고 말해야 한다고 말이다. 내가 없는 시간 동안 딸이랑 둘이서 산책하고 카페 나들이도 하는 걸 보니 이게 웬걸 싶었다.

수업을 듣는 도중에 카톡 알림음이 와서 보니 아이와 카페에서 아이스크림을 먹는 사진을 보내줬다. 사진을 보는 순간, 아빠의 영역에 딸의 머리를 묶을 수 있는 능력은 없구나? 생각하며 피식 웃었다. 그야말로 산발 머리였다. 그래도 혼자 어떻게 애를 보냐? 라며 겁먹었던 사람이 그 정도면 너무 훌륭했다. 결론은 닥치면 다 하게 된다. 남편에게 혼자 아이를 보게 하는 것도 나의 노고를 알 수 있게 필요한 일인 것 같다.

아파트 쓰레기 분리수거 날에 우리 집에서 나오는 캔이 다 내 맥주 캔이라는 것이 조금 부끄럽지만, 과음은 하지 않기에 괜찮다. 육아 스트레스에서 잠시나마 벗어날 수 있어 좋다. 맥주는 이제 내 글쓰기 친구가 되었다.

모두가 잠든 새벽, 노트북을 켜고 냉장고에 차가운 맥주를 꺼내 놓는다. 타자를 두드리다가 머릿속이 막히면 뚜껑을 딸깍 딴다. 한 모금 마시고 난 후 생각을 가다듬는다. 조용한 시간 나만의 시간이 너무 소중하다. 당분간은 이렇게 맥주와 노트북이 나의 글쓰기 친구다.

후회에서 떠나오다

윤연중

성장을 위해 늘 고민하고 생각하고 배우려는 사람
평범한 일상이 주는 감사함의 힘을 믿는 사람

어릴 적부터 라디오 DJ가 꿈이었고
기업사내방송 아나운서, 극동방송 아나듀서,
대구 TBC 'TV좋은생각' MC로 활동하다
결혼, 출산, 양육과 돌봄에 집중했으며
현재 방송인으로서의 재도약 기회를 기다리고 있다.

Saturday Jean

2018년 가을, 나는 미국 남부의 고속도로를 달리면서 왜 갑자기 그곳이, 그때가 생각난 걸까?

미국 테네시주 내슈빌에서 남쪽으로 Murfreesboro(멀프리스보로)로 향하는 65번 고속도로를 달리고 있었다.

물감을 풀어놓은 듯 청명하고도 파란 하늘과 넓은 들판, 그리고 나무들이 그려놓은 도로 밖 풍경이 따뜻한 바람 냄새와 함께 25년 전 그곳의 기억을 불러일으켰다.

1993년 대학교 2학년 때, 미국으로 1년 어학연수를 떠났다. 당시 미국에서 유학 생활 중인 오빠와 엄마의 권유로 갑작스럽게 별 기대와 겁 없이 미국 남부의 한 학교로 어학연수를 떠났다.

뭘 몰라서 용감했을까? 뛰어난 영어 실력은 아니었지만, 영어로 말하고 글을 쓰는 저널리즘 학과를 선택했다.

강의를 듣는 것뿐만 아니라 학생들이 엔지니어, PD, 기

후회에서 떠나오다

상캐스터의 역할을 배우며 뉴스프로그램을 제작하는 수업은 흥미로웠지만 따라가기 벅찼던 기억이 난다.

어떤 유학 생활이 힘들지 않을까? 낯선 환경, 익숙하지 않은 언어도 그렇지만 그보다 더 나를 힘들게 만든 것은 학생들의 다양성과 자유로움을 수용하지 않는 보수적인 분위기와 엄격한 규율이었다.

내가 다녔던 학교는 미국 남부 사우스캐롤라이나주 한 도시에 있는 청교도 기반의 크리스천 학교였다. 한국에서 신입생 MT에 참가하는 것도 반대하시고 매일 밤 9시의 통금 시간을 고수하시던 부모님께서 선뜻 이곳에 나를 보내신 이유도 바로 이런 보수적인 분위기라면 마음 놓고 딸을 유학시킬 수 있겠다는 확신 때문이었다. 한국에서는 주로 미국에 있는 대학으로 진학하려는 중고생들이나 신학 공부에 전념하고자 대학원 과정으로 오는 사람들이 많았다.

이 학교에는 예배 시간 말고도 이 학교만의 독특한 고집이랄까 문화가 있었다. 모든 여학생은 반드시 무릎 아래로 내려오는 긴 치마를 입어야 했고, 남녀학생들은 토요일에만 청바지와 청치마를 입을 수 있었다. 보상심리가 작용하는 건지 토요일에 근처 쇼핑몰에 가면 마치 교복처럼 청바지와 청치마를 입은 우리 학교 학생들이 보였다.

벌점제도가 있어서 벌점을 많이 받은 학생은 퇴학당하기도 하고 일반영화를 보거나 팝송을 듣는 것으로도 많은 벌점을 받았다. 집에 다녀 오는 학기 중 명절이나 방학 후에는 누구누구가 팝송을 들어 벌점을 받았다더라, 영화를 봐서 퇴학 당한다더라 하는 이야기가 학생들 사이에서 큰 뉴스가 되었다.

일반적인 팝송은 당연하고 쿵쿵거리는 비트가 있고, 드럼 연주, 전자기타 등의 반주가 포함된 CCM(Contemporary Christian Music)은 학교 안에서도 밖에서도 듣는 것이 허용되지 않았다. 방송을 보는 것은 뉴스 채널인 CNN 과 학교 방송국에서 송출하는 TV와 라디오만 가능했다.

스쿨버스 안에서는 옆자리가 비어있어도 남학생과 여학생이 나란히 같은 의자에 함께 앉을 수 없었다. 벌써 이십여 년 전의 일이라 요즘은 좀 변했을 수도 있겠다.

부모와 같이 생활하며 통학하는 학생이 아니면 전부 기숙사에서 생활했는데 취침 시간 이후에는 도서관은 물론 각자 방에서 불을 켜고 공부하는 것도 금지되었다.

후회에서 떠나오다

매일 밤 클럽에 가고 술을 마시며 논 것은 아니었지만 한국에서 즐겁고 낭만 있는 대학 생활을 보내고 온 나는 먹고 자고 듣고 보고 입는 모든 것에 제약이 있는 그곳의 생활이 너무 힘들었다. 내가 학교 규율을 어기는 것은 없는지 친구가 감시 아닌 감시를 하는 분위기도 답답했고, 동네에 몇 안 되는 한국 음식을 파는 식당에 가고 싶어도 보호자와 함께 외출 허가를 받아야 했다.

가끔은 한국가요를 들으며 외롭고 힘든 마음을 달래고 싶어도 자유롭게 들을 수 없었다. 몰래몰래 듣는 거라 서로 방법을 공유하지는 않았지만, 난 카세트 플레이어 워크맨을 매트리스와 침대 벽 사이에 끼워 숨겨두고, 이불을 뒤집어쓴 채로 한국에서 가져온 믹스테이프를 틀어 최신가요를 듣곤 했다.

나름 그렇게 한국가요며 팝송을 들키지 않고 잘 들으며 지내고 있던 어느 날이었다. 가요를 듣던 중 갑자기 이어폰 연결 잭이 워크맨에서 빠져버렸다.

"일어나~ 일어나~ 봄의 새싹들처럼~~♩♪♬"

나는 뒤집어쓰고 있던 이불 속에서 우왕좌왕했고 들리던 노래는 하필이면 김광석의 '일어나'였다. 같은 방 룸메이트들은 소리를 못 들었는지 못 들은 척하는 건지 나 혼자 놀란 가슴을 쓸어내리며 이어폰 잭을 다시 꽂고 난리를 쳤다.

지금은 K-Food라 브랜딩 될 정도로 전 세계적으로 한식과 한국 음식 재료를 파는 곳이 많지만, 30년 전 미국 남부 시골 학교에는 한국인의 입맛에 맞는 음식은 없었다.

　학교 밖으로의 외출이 자유롭지 않았기 때문에 모든 식사는 학교 안에서 해결해야 했다. 학교식당 대표 메뉴는 마카로니 치즈, 햄버거, 피자, 매쉬드포테이토와 그레이비소스였다. 양식으로 느끼해진 속에 샐러드라도 먹을 때면 소스마저 너무 기름지거나 달아서 식당에서 제공되는 간장을 뿌려서 먹었다. 우연히 맛본 자판기 부리토가 입에 맞아 세탁실에서 빨래를 돌릴 때마다 사 먹었다. 그런데 신기하게 나중에 이런 음식이 맛있어지고 몇몇 음식은 한국에 돌아와서도 먹고 싶어 생각이 났다.

　미국 음식이 맛있어지면서 내 얼굴은 살이 쪄 점점 동그란 달덩이가 되어갔다.

　나는 한 학기를 보내고 도저히 안 되겠다 싶어 서부 포틀랜드 지역에 있는 다른 대학교로 편입신청을 해 옮겨갔다. 너무 긴장해서인지 가는 비행기 안에서 급체로 고생했고, 그렇게 몸도 마음도 편하지 않은 상태로 새로운 학교의 기숙사에 도착했다. 기숙사를 둘러보고 룸메이트와 인사도 나누었지만, 나는 다시 남부의 크리스천 학교에서 남은 학기를 지내기로 하고 돌아갔다.

남녀 공동기숙사였던 새 학교 기숙사 입구에는 콘돔 상자가 걸려있었고 샤워실은 문도 잠글 수 없는 커튼 식이었다. 그런 상황이 당시 나에게 적지 않은 문화적 충격으로 다가왔다. 배정받은 방으로 들어가니 룸메이트가 헤비메탈 관련 포스터로 도배해 놓은 방 한쪽 벽면이 눈에 띄었다. 어둡고 무서운 해골 그림과 으스스한 느낌의 사진들이 빼곡히 붙어있었다.

'새 학교에서는 좀 자유롭고 편안하게 지낼 수 있을까'하며 긴장되고도 설레었던 마음이 어두컴컴한 방 분위기와 의외의 문화충격들로 오고 싶지 않다는 마음으로 바뀌어버렸다.

새로운 환경에 적응하는 데 오랜 시간이 걸리는 나는 그래도 한 학기 동안 지냈던 미국 남부의 크리스천 학교가 더 낫다고 여겼나 보다. 영어 실력도 조금은 나아졌고, 엄격한 규율 안에서 나름의 추억도 쌓을 수 있었다. 그럼에도 더 오래 있고 싶지는 않았다. 1년이라는 시간이 지난 후 나는 다시 한국의 대학교로 돌아왔다.

닻을 내려 돛을 올리다

길지 않은 1년의 어학연수를 마치고 다시 돌아간 한국의 대학 생활은 반갑고 좋았다. 군대만큼은 아니지만 자유가 제한된 상황에서 잘 버텨낸 나에게 자신감도 생겼다. 여러 나라 친구와 교류하면서 생각과 마음도 성장했다. 그 당시에는 내적으로 외적으로 미국에서의 경험이 인생에 도움을 줄 것이라고 기대했다. 하지만 맥도날드에서 햄버거를 주문할 영어는 되어도 크게 인생을 바꿀 만한 영어 실력은 아니었고 1년 연수 기간은 이력서에 한 줄 넣는 것이 전부였다.

취업 때문에 학원에 다니고 언론고시를 준비하다 보니 그나마 좀 트인 것 같았던 영어 회화도 점점 자신 없어졌다. 인종차별을 견디며 혼자 외로워하고, 힘들어도 나를 위로하며 버텨온 시간이 의미가 없다고 생각됐다. 한국으

후회에서 떠나오다

로 돌아오고 그곳의 힘든 기억들도 점차 희미해지자 '내가 1년 만에 돌아오지 않고 미국에 더 있었다면 영어도 잘하고 뭔가 더 나아지지 않았을까?' 하는 아쉬움에 관한 생각을 자주 하게 되었다. 그 아쉬움은 시간이 지나면서 나에게 실패자의 마음으로 자리 잡았다.

그 후회는 취업의 문턱을 쉽게 넘지 못할 때, 결혼과 육아로 경력의 단절이 길어지며 내가 좋아하던 일에서 점점 멀어질 때, 사회에서 엄마와 아내로서의 이름 이외에 자기 경력으로 자리매김하는 친구나 비슷한 또래를 보게 될 때마다, 마치 바닷속 모래에 쿡 박혀있는 배의 닻처럼 나를 위로 오르지 못하도록 잡는 커다란, 무거운 쇳덩이가 되었다.

여행이 아닌 **머물며 살기**로 다시 미국 땅을 밟은 건 25년 만이었다. 생각보다 오랜만이었고, 철저한 계획에 의한 것도 아니었다. 중학교에 입학한 큰아이가 학교에서 힘든 시간을 보내고 있다는 사실을 알게 되었고, 다행히 큰 문제로 이어지진 않았지만, 공부해야 하는 이유도 마음도 없이 집-학교-학원 사이를 맴돌며 지내는 아이를 구해주고 싶었다. 아이의 마음이 말라가는 것 같아 보였고, 아이에게 쉼표가 될 만한 것을 찾아야 했다.

미뤄 뒀던 남편 직장의 외국 연수를 쓰기로 했다. 사실 외국 연수는 아이들이 좀 더 어렸을 때도 갈 기회가 있었다. 그런데 그때는 떠나는 것을 망설이게 하는 경제적 이유와 함께 잊고 있었던 영어를 써야 하는 게 자신이 없어 생각만 해도 막막함과 두려움을 느꼈다.

'나 혼자 생활할 때도 버벅거렸었는데, 아이들 학교생활 돌봄까지 과연 내가 잘할 수 있을까?'

'미국에 가면 예상한 것보다 생활비가 많이 든다고 하던데 괜찮을까?'

'1년이지만 기본적으로 필요한 살림들도 많은데 너무 일이 커지는 건 아닐까?' 등등

가고 싶다는 기대보다 걱정의 무게가 더 무거웠다.

수학 선행빼기에 바쁜 중학교 2학년에 무슨 연수냐며 아이 친구 엄마들은 걱정하는 소리를 더했지만, 이대로 그냥 지내기에는 아이가 위태로워 보였다.

나와 남편이 선택한 곳은 미국 테네시주의 내슈빌이었다. 정확히 말하자면 내슈빌 근처의 프랭클린이라는 동네였다. 내슈빌은 테네시주의 주도로, 남부의 대도시지만 LA나 뉴욕처럼 복잡하지는 않다. 지하철도 없다. 프랭클린 구도심에는 예전 남북 전쟁 시대의 건물과 유적이 남아 있고, 2~3층짜리 오래된 건물들이 대부분이라 처음

후회에서 떠나오다

구도심을 지나갈 때는 타임머신을 탄 것처럼 과거로 돌아간 느낌이었다. 집에서 5분 정도만 운전해서 나가도 목장이 보이고 말을 볼 수 있었다. 고개만 돌리면 눈에 들어오는 파란 하늘과 초록 초록한 나무, 꽃들, 밤에는 까만 하늘에 노랫말처럼 반짝반짝 별이 빛나고 집 앞 주차장에서도 캠프장의 숲속 냄새를 맡을 수 있었다. 그렇게 자연이 주는 위로가 컸다.

미션 아메리카

한국에서 애틀랜타를 경유해 내슈빌에 도착한 후 며칠 동안은 근처 비즈니스호텔에서 머물렀다. 떠나기 전 미리 집을 계약했어도 침대 매트리스랑 가구가 없는 상태라 바로 들어가서 쉴 수 없었다. 도로 사정이 복잡하지 않아 운전은 어렵지 않았지만, 한국에서보다 길이 잘 외워지지 않았다. 나름 한번 가 본 곳은 잘 기억하고 새로운 길도 어렵지 않게 다녔는데, 간판이나 특징적인 것도 없고 다 비슷한 나무, 풀숲이 많아서 길에 익숙해지는데, 생각보다 시간이 걸렸다.

필요한 살림들을 채우느라 차로 이동이 많았던 어느 날이었다. 집으로 오는 길에 근처 도로를 달리고 있었다.
"어어…. 저게 뭐지?"
반대편 차선에서 오는 차를 보고 가족 모두 눈이 휘둥그

레졌다. 빨강, 주황, 초록, 파랑 등 여러 가지 색상의 차들에 트럭, 문짝이 없는 지프, 대형 캐리어같은 개인 이삿짐 차량(U-Haul), 비행기 바퀴를 싣고 이동하는 화물차까지 미국에 와서 다양한 색상과 종류의 차량을 봤지만, 저 차는 좀 달랐다. 마침 우리 차 옆으로 지나가기에 자세히 보니 평범한 4개 문짝이 달린 승용차 위에 커다란 매트리스가 박스테이프로 칭칭 동여매 달려 있었다. 곡예를 하는 것처럼 신기해 보이기도 하고 위험해 보이기도 했다. 그 당시에는 '그냥 배달시키거나 트럭을 빌리면 되지 왜 저렇게 불안하게 다니는 거지?' 하며 이해가 되지 않았다. 그런데 우리가 매트리스와 가구를 사러 여러 판매장을 다녀보니 그 이유를 알게 되었다.

배송료가 비쌌다. 몇 킬로미터 거리에도 기본배송비가 100달러였다. 무료배송 같은 건 없냐고 물었더니 가끔 행사 기간에만 운영되는 서비스라고 했다.

누군가의 힘을 빌리면 그에 대한 대가를 지급하는 것이 당연하지만, 한국에서 지불하던 비용보다 너무나 비싸다는 생각이 들었다. 낯선 문화에 익숙하지 않았고 생각하지 않았던 추가비용들이 부담되었다.

미국 생활을 통해 감사한 마음이 많이 생겼다고 말하면

누군가는 너무 과장해서 얘기한다고 할지 모르겠다. 남의 나라, 새로운 곳에서 생활하고 살기 위해서는 알아야 하고, 처리해야 할 일들이 참 많았다. 도착하자마자 휴대전화와 인터넷 개통, 다음날은 운전면허를 발급받고, 그다음 날은 전기와 가스를 연결해야 했다. 전화로 알아봐도 일 처리는 직접 사무실을 찾아가야 해결이 되는 시스템이었다. 집과 직장, 아이들 학교 입학에 관한 행정과 모든 것들을 거의 동시에 처리해야 했던 우리 부부는 하루하루 게임의 미션을 깨는 기분이었다.

우리가 생활자금을 예치하러 간 은행에서는 200달러 한도의 체크카드만 발급받을 수 있었다. 미국 은행과 카드회사의 신용이 없어서 더 많은 한도의 카드발급은 나중에나 가능하다고 했다.

우리가 한국에서 어떻게 살았는지, 한국에서의 사회적 지위나 신용도가 어땠는지, 왜 이곳에 왔는지는 이곳 사람들이 고려해 줄 만한 내용은 아니었다. 생활자금인 큰돈을 맡겨도 그 나라에선 신용이 없는 그저 낯선 외국인이었을 뿐이다.

겸손해지는 마음이라 할까? 내가 잘 갖춰진 울타리 안에서 살고 있었구나, 그냥 평범하게 이루어지던 일들이 많은 사람의 손길을 거쳐야 했던 거구나….

문득 생각해 보니 그동안 잊고 지내던 생활 속의 편리함과 이름 모를 누군가에 대해 고마운 마음이 생겨났다.

"나는 앞으로 한국 돌아가서 고기 살 때마다 정말 감사하다고 할 것 같아." 내가 매번 고기를 손질할 때마다 가족들에게 하던 말이다.

근처 동네 마트에는 한국처럼 예쁘게 썰어놓은 삼겹살은 팔지 않았다. 그래서 코스트코에서 10kg짜리 덩어리 삼겹살을 사다가 소분해서 냉동실에 쟁여놓는 게 큰일이었다. 장을 볼 때면 삼겹살뿐만 아니라 소고기도 함께 사 오니 손질할 고기의 양이 무척이나 많았다. 고기 손질은 처음에는 재미있기도 했지만, 20kg 정도의 덩어리를 2시간 동안 기름을 떼어 내고 구이용과 찌개용 등으로 정리하고 나면 손과 손목이 다 아팠다.

우리나라 정육 매장의 판매원은 내 인사말의 의미를 모르시겠지만, 난 아직도 고기를 살 때마다 인사한다.

"감사합니다!"

커피믹스

　미국에서 1년 동안 한국에서의 몇 년 치 집밥은 해 먹은 것 같다. 팁이 포함되어서 그런지 외식비가 비싸기도 했고 한국 음식이 더 생각나기도 했다. 한국 음식을 자주 해 먹으니, 김치도 많이 먹게 됐다. 처음에는 한두 번 한인 마트에서 김치를 사 먹었는데 가격도 그렇고 입맛에도 맞지 않았다.

　겨울쯤, 배추로 김장 김치를 담그려고 한인 마트에 문의해 보니 한국 김장배추 같은 건 없고 중국 배추가 있다고 했다. 우리가 흔히 먹는 배추는 맞는데 크기도 들쭉날쭉 속도 너무 헐렁하게 비어있었다. 아쉽지만 중국 배추를 절여 김장 김치를 담갔다.

　김장배추를 절이는 데 쓰는 큰 통이 없어서 빨래 바구니와 가장 큰 냄비에 비닐을 씌워 밤새 김치를 절였다. 한국에서처럼 김장철재료는 구할 수 없으니 그냥 마늘, 그린

어니언(한국의 대파랑 비슷한데 약간 작다고 한다), 생강 대신 생강가루, 한국에서 가져온 고춧가루를 넣고 김치를 담갔다. 시원한 맛을 위해 넣는 생새우를 냉동상태로도 구할 수 없어 코스트코에서 산 샐러드용 냉동 새우를 갈아 넣었다. 진짜 맛있게 된 건지 그곳에서 먹어서 맛있었던 건지 가족 모두 김치가 줄어드는 것을 아쉬워하며 아껴 먹었다.

우리 가족은 집밥도 이벤트도 몇 년 치를 겪은 것 같다.

미국에서 지낸 집은 아파트 관리회사가 임대하는 3층짜리 아파트의 2층이었다. 미국에는 목조주택이 많은데, 드라마나 영화에서 보던 예쁜 단독주택이나 2~3층 아파트는 대부분 목재로 지어진 건물이다. 보수가 편하다는 장점이 있지만, 목재로 지어져서 층간 소음이 심하다.
"쿵쿵쿵쿵"
위층 이웃이 신발을 신고 집 안을 걷는 소리는 우리 집 전체에 울릴 정도로 크고 가깝게 들렸다. 우리나라 아파트 층간 소음은 양반이라는 생각마저 들었다.
이런 기회도 없을 텐데 우리도 미국 단독주택에 살아 볼까 하는 마음도 있었다. 하지만, 미국의 주택시스템도 잘 모르고 잔디관리 등 신경 써야 하는 부분이 생각보다 많다는 얘기에 드라마에서 봤던 미국 단독주택의 로망은 포기하고 아파트를 선택했다.

회사가 관리하는 아파트는 거주하는 동안 발생하는 하자에 대해선 아파트 관리사무소가 그 비용을 부담한다. 조금은 비싼 관리비를 내야 했지만, 우리 가족은 그 관리비가 전혀 아깝지 않았다.

어느 날 새벽이었다. 잠귀가 밝은 나에게 화장실 쓰는 소리가 들렸다. 아이들이라고 생각했다.

"졸졸졸졸…. 졸졸졸"

'누구지? 오래 걸리네.'

"졸졸졸졸"

'이상하다. 시간이 너무 긴데……'

거실 화장실로 가 보니 아이가 화장실을 사용하고 있는 게 아니었다. 화장실 천장에서 물이 비처럼 주룩주룩 내리고 있었다. 그때 마침 누가 현관문을 쾅쾅쾅 두드렸다. 아랫집 남자였다. 자기네 화장실로 물이 새고 있다고 했다.

나중에 보니 우리 윗집이었던 3층 화장실 변기 물통 부속품이 고장 나 3층 화장실이 물바다가 되고 그게 2층인 우리 집으로 흘러 내려오고 1층까지 물천지가 된 거였다.

화장실 천장은 물론 옆 공간인 부엌 천장에서도 뚝뚝

뚝 물이 떨어지고 부엌 전등 줄을 타고 줄줄 흘러내렸다.

미국 화장실은 욕조 안에만 배수구가 있다. 그래서 샤워커튼을 욕조 안으로 넣어서 사용해야 한다. 밖으로 빼서 썼다가는 바닥에 물이 빠지지 못해 물바다가 된다. 그런 바닥에 물이 발목까지 차고 아래층까지 폭포처럼 흘러내린 상황이었다. 천장에서 물이 주룩주룩 샜으니 말리고 보수하느라 수리하는 아저씨들이 몇 번을 왔다 갔다 했는지 모른다. 만약에 단독주택을 빌려 살면서 우리 가족의 실수로 이런 일이 벌어졌다면 아마 어마어마한 수리 비용을 물어줘야 했을 거다.

미국의 높은 인건비와 수리 비용 등을 알게 된 후라 수리하러 온 아저씨들에게 기분 좋은 마음으로 한국의 커피믹스를 타 주게 되더라.

다시 93년의 소녀에게

금발과 벽돌색이 섞인, 라면처럼 곱슬곱슬한 머리카락의 그 아이는 내 룸메이트 중 한 명이었다. 지금 기억에도 순수하고 친절한 아이였다. 그 친구는 자기 집은 옥수수 농장이 있는 시골에 있다고 얘기했었다. 나중에 미국의 도시들을 다녀보니 눈앞에 수평선처럼 농장과 밭들이 펼쳐져 있던 곳, 하얀 목화와 옥수수밭이 이어져 있는 그런 풍경의 동네이지 않았을까 싶다.

어느 날 그 친구가 나에게 "너희 나라에도 영화관이 있어?"라고 물었다. 비아냥거리는 표정도 아니었고 정말 궁금하다는 진지한 표정에 크고 파란 눈을 동그랗게 뜨고서 묻는 거였다.

'아니 얘는 한국에 대해서 도대체 어떻게 알고 있는 거니? 야, 미국이 좀 큰 나라이긴 하지만 너무한 거 아니

후회에서 떠나오다

야?'

그 당시에는 기가 막히기도 하고 화도 나서 목에 핏줄을 세우고 설명해 줬다. 지금 한국은 이렇고 저렇고 내가 사는 곳에는 이런 영화관에 갈 수 있고 거기엔 다양한 문화 시설이 있다고 열을 내며 이야기해 줬다. 그때는 대학생 씩이나 되는 아이가 바깥세상에 대해 너무 모르고 있다는 생각이 들었다. 하지만 몇십 년이 지나고 그 아이가 자라 온 환경을 가까이서 보게 되니 그때와는 또 다른 것들이 보이기 시작했다.

미국 연수 기간 대부분 아이들과 함께 자동차를 이용해 이동했다.

"엄마, 미국 나무는 진~짜 큰 거 같아."

"엄마! 엄마! 저기 독수리 있어!아니다, 비둘기인가 봐!"

고속도로를 지날 때면 자주 듣는 말이었다.

처음보다 하루 이틀 시간이 갈수록 든 생각은 '미국은 땅덩어리가 진짜 넓긴 넓구나.' 하는 거였다. 검색으로 우리나라의 몇 배라는 정보와는 또 다른, 미국에서 실제로 몸으로 체감하는 지식이었다. 지역마다 다르지만, 내슈빌 인근은 농장과 밭이 많고 건물들이 낮은 편이라 저 멀리 까지 모두 한눈에 들어오는 풍경이 많았다.

어렸을 적엔 '아우 쟤는 뭐야.'라고 했던 서운함이 내가 그런 비슷한 동네에 살아 보고 비슷한 지리적 위치를 경험하고 나니 '아, 그럴 수도 있겠구나, 얘는 다른 세상을 몰랐을 수도 있겠구나.' 하고 이해가 됐다.

우리나라 사람들이라면 대부분 비슷한 생각을 할 것 같다. 난 미국인들이 신발을 신은 채로 집 안으로 들어간다는 사실을 알면서도 그것이 너무 싫었다. 문화적인 차이라도 밖에서 신던 신발을 집안과 침실이 있는 방 안으로까지 신고 들어온다는 것이 이해가 안 됐다. 그런데 목조 주택과 나무 바닥으로 된 생활공간을 경험하며 그들의 문화적인 요소에 대해 알 것 같았다. 히터가 있고 난방이 되어도 온돌이 아닌 나무 바닥은 너무나 차가웠다.

'오로지 벽난로로 난방하던 그들의 조상부터 그래왔던 것들이 이런 문화적인 차이를 만들었구나. 이렇게 차가운 바닥이라면 신발을 신지 않고는 지내기 힘들긴 하겠다.'

이해되었다. 그냥 다른 것뿐이었다. 환경에 적응하고 만들어진 문화와 습관에서 자연스럽게 이어져 온 다름이 많았다. 누가 옳고 그른 것이 아니라 그럴 수도 있겠다 싶었다.

얼마전 우연히 여행 유튜버들이 등장하는 프로그램을

　　　　　　　　후회에서 떠나오다

보게 되었다. 그중 한 출연자가 이런 이야기를 했다. '항상 여행하면서 많이 드는 생각이 내가 생각하는 상식이나 기준이 다른 나라에서는 상식이나 기준이 아닌 경우가 많다'라고. 나도 이 말에 공감한다.

이렇게 여행이, 다른 나라에서의 경험이 마음의 크기를 조금씩 넓혀주는가 보다.

후회에서 떠나오다

늘 아쉽다고 생각한 유학 생활 이후 25년 만이었다. 이번엔 여행이 아닌 가족 모두와 연수로 미국에 가려고 하니 처음엔 어디서부터 준비해야 할지 막막했다.

혼자가 아니라 가족들과 함께라서 준비하고 챙길 것들이 4배가 아니라 10배는 되는 것 같았다. 하지만 오랫동안 자전거를 타지 않아도 다시 자전거 페달을 밟으면, 처음엔 좀 비틀거리다가 금방 자전거를 타게 되는 것처럼 하나둘 준비를 시작하니 옛날 추억들도 떠오르고, 25년 전 그때의 기억과 경험이 나에게 '할 수 있겠다' 라는 마음을 주었다.

언어로의 영어는 더 잘 하지만, 해외 생활이 처음인 남편과 뭔가 말로 표현되지 않는 분위기와 갑작스러운 상황에 잘 대처하는 나는 팀워크가 잘 맞았다. 새로운 환경에 적응하느라 몸과 마음이 지치고 힘들어 싸울 일도 종종 생겼지만, 함께 뭉치지 않으면 더 어려운 상황이 될 것을 알기 때문에 서로 더 조심하고 배려해주게 되었다.

25년 전 기억들이 떠오른 건 연수 기간 중 어느 가을날이었다.

"그린빌도 여기랑 비슷한 느낌이었던 것 같아. 둘 다 남부 지역이라 날씨도 비슷해서 그런가?"

"배가 아파서 학교 양호실에 입원했는데 병원에서 나오는 음식이 우유랑 젤리랑 빵이더라. 그거 먹고는 배가 더 아플 것 같아서 간호사들한테 한국에서 가져온 소화제 보여주며 난 이거 먹으면 낫는다고 하고 퇴원한 적도 있어."

"학교 근처에 어떤 햄버거집이 있었는데 고기패티랑 치즈도 직접 고르고 정말 특이하고 맛있었어. 어쩌다 오빠가 오면 외출 허락을 받고 가는 곳이었는데 그렇게 맛있을 수가 없었어. 수제버거의 원조 격이었지. 아직도 그 가게가 있으려나. 다시 가 보고 싶다. 옛날 그 맛이 그대로일지 궁금하네."

저 멀리 끝이 보이지 않는 들판과 농장, 푸릇한 나무들의 모습이 비슷해서였을까? 고속도로를 달리며 운전하는 남편 옆에서 나는 조잘조잘 그 시절을 떠올리고 있었다.

1993년의 유학 시절, 어느 날 싱가포르 출신 친구와 영어로 대화하며 걷고 있었다. 외국어인 영어를 온종일 사용하다 보면 혀가 얼얼하고 꼬이는 듯한 느낌이 든다. 싱가포르 친구도 유학 온 지 얼마 되지 않아 싱가포르식 영어 발음이 강한 친구였다. 둘이 이런저런 이야기를 하며 걸어가는데 세 명의 여학생이 우리를 지나치며 걸어갔다. 그중 한 명은 만화 '캔디'의 일라이자와 같은 금발 여학생이었다.

내 곁을 지나치면서 그녀와 친구들은 나와 내 친구의 발음을 따라 하면서 키득거리며 웃었다. 그냥 무시할 수도 있었지만, 화도 나고 가만히 있기 싫었다. 그 아이들을 따라갔다.

그들은 우리가 따라가는 것도 모르고 계속 키득거리며 걸어갔다. 그 여학생들은 기숙사 반지하에 있는 우편함이 있는 곳으로 향했다. 밖에서는 잘 보이지 않는 그곳에 나와 내 친구, 그 여학생들만 있었다.

무슨 용기가 솟아난 것인지, 그중 가장 크게 우리를 향해 키득거리며 따라 했던 일라이자 머리 여학생에게 다가

후회에서 떠나오다

갔다.   "네가 지금 우리와 우리의 발음을 따라 하고 웃고 조롱하는 것은 나쁜 행동이야. 사과해. 우리는 너의 행동으로 인해 기분 나쁘고 상처받았어."라고 말했다.

약간 당황한 듯한 그 아이는 그 상황에서도 자신은 그런 행동을 한 적이 없다고 발뺌했다. 나는 분명히 들었다고 말했고 서로 몇 마디를 주고받았던 것 같다. 자꾸 그 자리를 피하려는 그 여학생들에게 나는 강한 한 마디로 마무리했다.

내 얘기를 들은 그 여학생은 뭔가 갸우뚱한 표정으로 "Sorry~"하며 그 자리를 떠났다. 나는 시간이 좀 흐른 뒤 내가 얼마나 혼자 이불을 차고 부끄러워할 말을 했는지 알았다.

내가 온갖 인상을 쓰며 그 아이에게 던진 한마디는 "Take care of yourself!"였다.
그 당시 내 마음 깊은 곳에서 응축되어 나온 욕이었다.

그때 내가 내뱉은 말을 들은 그 아이들이 당혹스러웠을 것 같긴 하다.

나는 "야, 너 앞으로 조심해!!"로 우리나라 경고 느낌으로 이야기한 건데 화난 표정에 '너 몸 잘 챙겨, 아프지 말고.'라는 뜻의 말을 했으니 그 아이에게 얼마나 이상해 보였을까? 그래도 느낌은 전달됐을까?

(Watch your back이라고 해야 했을 것 같은데 그 말을 썼다면 퇴학당했을 것이다)

평소 욕을 잘 못해서 그 당시 생각나는 말이 그것뿐이었다. 하지만 부끄러움은 없다. 내 마음대로지만, 그 말이라도 했으니 속은 시원했다.

반면 답답해하던 나의 마음을 이해하고 도와주는 좋은 친구들도 있었다.

멀리 외국에서 온 친구 생일을 축하해 준다고 기숙사 다른 방 아이들까지 불러 모아 커다란 초코 브라우니 케이크에 초를 꽂고 축하를 해주었다.

초여름 밤 기숙사 친구들과 농구하며 웃고 떠들던 기억도 나고 레이스 달린 드레스는 아니지만 한껏 멋을 내며 참석한 학교 주최 뱅큇(연회)도 생각난다.

지나 보니 힘들다는 마음이 커 그 상황 속에서 더 누릴 수 있었던 것들까지 놓친 것들이 많이 있었다.

한국에 돌아온 후 내 유학 생활에 대한 기억은 좋은 것보다 늘 '…. 했더라면' 이란 후회의 시간이 많았다. '내가 좀 더 인내심을 발휘하여 그 학교에서 더 버텼다면, 아예 다른 학교로 가서 미국에서 대학교를 마쳤다면, 무엇인가 적극적으로 행동했더라면' 하는 여러 가지 생각과 감정들이 나를 불편하게 했다.

그런데 25년 후 우연히 소환된 그 감정과 기억들은 나를 토닥이는 듯했다.

희한하게도 그 시절의 그 느낌, 추억들이 덥지도 춥지도 않은 초여름 밤의 바람처럼 부드럽고도 조용하게 나에게 스며들었다.

'그때 이런 것 때문에 힘들었었지.', '말이 안 통해서 아주 답답했지.', '음식이 안 맞아서 매일 소화제와 설사약을 달고 살았지.', '한국 음악도 못 듣고 향수병을 달랠 게 없어서 많이 울었지.'

그때, 그 아이의 마음이 살포시 떠올랐다. 그리고 이해하게 되었다.

'아, 그때는 그럴 수밖에 없었겠구나. 그래서 나는 더 긴 유학 생활이 아닌 한국으로 돌아오는 것을 선택했구나. 다시 그때로 돌아가도 나는 그런 선택을 하겠구나.'

이상한 기분이었다. '지금의 나'가 '25년 전 나'를 용서하는 듯했다. 늘 자책하던 마음을 털어버리라고 얘기하고 싶어졌다.

그 시간에 내가 느꼈던 감정, 힘듦이 다시 떠오르고 이해되니 그동안 무엇이 나를 후회의 마음에 묶어두었는지 알 것 같았다.

내 스스로 가진 아쉬움과 후회도 있었지만, 남들이 정해놓은 기준과 쉽게 던진 말들로 나를 자책하고 비난하는 마음이 컸다.

후회는 내가 성장하는 걸 방해했다. 후회로부터 반성해서 더 앞으로 나아갈 것 같지만 후회에는 부정적인 힘이 더 큰 듯하다. 후회나 자책보다는 격려가 더 쉽게 성장을 끌어낸다.

미국으로 떠나기 전에는 이 기회가 남편을 위한 쉼, 아이들을 위한 것일 줄만 알았다. 난 그냥 엄마의 역할로만 이 시간을 보내겠다고 생각했다.

그런데 나 또한 추억으로부터 생각하지 못한 선물을 받았다. 내려놓음, 편안함, 이해 그리고 그 정도면 괜찮다는 자신감.

견고해 보이는 모래성도 한차례 바닷물에 스르르 사라지듯 그렇게 내 맘의 후회가 스르르 무너져 버렸다.

후회에서 떠나오다

그때의 나를 이해했다. 그때, 그 시간의, 그 선택에는 충분히 그럴만한 이유가 있었다.

그렇게 나는 후회에서 떠나왔다.

오늘도 다채롭게 빛나는
나의 여정

정은경

사진 찍는 바리스타. 서점 카페를 운영하고있다.
컬러 심리 상담가, 티 소믈리에, 아로마 강사등의
사람들의 마음 치유를 돕는 사이드 활동도 좋아한다.
지역 엄마들과 함께 배우고, 나누고, 성장하고자
소모임 플랫폼인 '지구별 곳간'을 시작해
클래스, 독서 모임, 북토크등을 기획하고 진행중이다

어느 오렌지빛 구름 이야기

'그냥 여기서 그만둘까?'

참 많은 시간 동안 앞만 바라보며 달려왔다. 아이 둘을 키우는 엄마로서 이제는 꿈과 자기실현에 대한 욕심을 줄일 법도 한데 경험과 성장에 대한 욕구는 전혀 줄질 않았다. 나는 일 년에 아이 학원비보다 내 책값과 강의료를 훨씬 많이 쓰는 희한한 엄마이다. 돌이켜 보면 지난 20년간 건축회사, 사진관, 아로마 강사와 컬러상담가, 카페 사장까지…. 참 많은 일을 했었고 지금도 N잡러로 살고 있다.

작년에 새로 창업한 카페 에센츠(ESSENZ)[1] 는 내가 머릿속에서 꿈꾸던 힐링 공간이자 통합적인 오감 체험을

---

1. 에센츠 : Essence의 독어식 표현. 본질적인, 정수, (식물에서 추출한) 진액, 사람의 소울

오늘도 다채롭게 빛나는 나의 여정

하는 카페이다. 내가 좋아하는 것들이 다른 누군가에게도 도움이 될 수 있다는 걸 믿으면서, 이를 보여줄 수 있는 공간을 갖고 싶어했던 것 같다.

시각, 미각, 후각과 같은 감각세포로 들어오는 새로운 자극을 통해 그간 이를 모르고 살았던 분들께 새로운 경험의 기쁨을 알게 해주고 느끼게 하는 일이 좋았다. 사람들의 무너진 감정들을 치유하고 다시 세상 밖으로 나올 수 있게 돕고 싶었다. 누구나 와서 커피와 차를 마시며 책도 읽고 사람들과 소통하고 음악도 듣고 매장에 비치된 컬러 바틀[2]의 빛을 바라만 보아도 마음 치유가 되는 카페, 공간이 주는 낯선 경험들이 모여, 기분이 전환되는 복합 힐링 카페이다.

그러나 고객은 확실한 한 가지 톤을 좋아한다. 이렇게 다양한 아이템이 공존하는 카페는 대중에게 낯설다. 오감 체험 힐링 카페라는 콘셉트는 끌리는 컨셉도, 매출이 잘 나오는 구조도 아니었다. 아프지만 경영자로서의 낙제 성적표를 인정해야만 했다.

---

2 영국 컬러테라피협회 오라소마社 컬러 바틀, 위아래 두 가지 컬러 조합으로 된, 122개의 컬러병들, 허브, 아로마, 크리스탈로 만들어졌고, 실제 몸에 바를 수 있는 화장수 기능도 한다.

2019년에 사진 스튜디오를 정리한 후로 다시는 자영업은 하지 말자 했는데, 그사이 다 까먹었나 보다. 카페를 시작했을 때도 역시 사진관을 개업할 때 처럼 자신만만함을 넘어 무모했다. 다만 예전과 다른 점은 나이였다. 운과 체력이 좋은 30대가 아니라 이제 40대에 접어들었다는 거였다. 체력이 먼저 무너지며, 열정 또한 금방 식었다.

카페 오픈 4개월 차에 내 입에서 "포기하자"라는 신음이 나왔던 그날은 유난히도 추웠다. 겨울 방학 때는 더욱 한산하다는 동네 상권에서, 카페 창업 첫 겨울을 시리게 보내면서 이런 에고의 불안은 더 증폭되었다.

그 무렵 나는 카페 운영에 관한 걱정들로 잠 못 드는 밤이 계속되었다. 그날도 생각이 많아, 잠을 한숨도 못 잔 아침이었다. 컨디션이 많이 떨어지며, 몽롱한 아침을 맞이한 아침. 두 아이 아침밥도 대충 토스트를 구워 우유랑 함께 주고 유치원과 학교로 보내고 출근한 아침이었다. 유난히 추운 날씨에, 제대로 아침도 못 먹이고 보낸 것 때문에 내내 마음이 안 좋더니 기어이 눈물이 툭 나왔다.

'나 지금 여기서 뭐 하고 있는 거지?' 그러다 의자에 주저앉아 눈을 질끈 감고 잠시 있었다. 얼마나 시간이 지났을까? 깊은숨이 몰아쉬어지기 시작했다. 호흡에 빠져들

오늘도 다채롭게 빛나는 나의 여정

었고 마치 숨을 처음 쉬는 사람처럼 들이마시고, 내쉬는 모든 숨이 달콤했다. 머릿속에 가득했던 막연한 두려움과 시끄러움이 잦아들며, 가슴이 열리는 것을 느꼈다. 더 아래쪽 배가 들고 나는 것에 집중해 호흡했다.

"흐흡 후~ 살겠네"

숨 쉬는 것만 집중하며 한참이 지났을 즈음, 눈을 감고 들숨과 날숨에 집중하다 보니, 막연히 쫓기는 생각과 욕심으로 시끄러웠던 머릿속의 생각들이 점차 물러갔다. 불안이 가득했던 몇 분 전과는 분명 달랐다. 깊은 호흡을 하며 지금 순간에 내가 존재하는 것, 그것만 느꼈다. 나를 둘러싼 현실은 아무것도 바뀐 게 없는데, 묘하게도 그 순간, 나를 둘러싼 공기를 포함해서 모든 게 바뀐 것 같았다. 숨이 편안하게 쉬어지기 시작했다.

지금 여기는 나를 힘들게 하는 곳이 아니라 내가 좋아하는 모든 것들이 존재함을 순간 깨달았다. 눈을 감고 보니 정말 오렌지빛이 가득했다.

오렌지는 하루의 시작과 끝을 표현하는 컬러이다. 문학에서는 일출과 일몰처럼 사람의 일생을 표현할 때도 자주 쓰인다. 컬러 심리에서 내면의 오렌지가 건강하게 작용할 때는 타임라인의 통찰을 가져와 사람들과 건강한 관계를 맺게 하고, 활력과 지복을 의미한다. 그러나 삶의 타임라인 속에서 만들어진 감정의 찌꺼기들이 우리 몸 세포 깊숙이 박혀 있을 때, 그래서 자신도 모르게 저장된 과거의 묵은 패턴들 때문에 마음속에 계속되는 출렁임이 있을 때도 끌리는 컬러이기도 하다.

어쩌면 카페 에센츠는 나 자체였다. 내가 좋아하는 아로마, 커피, 책, 컬러바틀 등 즐거운 오렌지빛 도구들이 가득한 이곳은 내가 만들어 낸 감사한 현실이자 소망이었다. 지금 현실은 너무나 아프지만, 지금 포기하면 다시는 다시 창조 해내지 못할 오렌지 같은 즐겁고 행복한 공간임은 분명하였다.

눈을 뜨고 주위를 둘러보니 카페 안의 식물들이 먼저 눈에 들어왔다. 그래 화분에 일단 물을 주자. 내가 책임지고 돌봐야 할 또 다른 존재인 식물들을 위해 양푼 대여섯 개에 물을 받았다. 그 물줄기가 나를 적시는 것처럼 시원해졌다.

"흐흡 후~ 지금, 이미 내가 가진 모든 것들이 진짜 고마워." 신선한 물을 먹어 왠지 생기가 도는 듯한 2미터가 넘는 대형 티트리 나무을 바라보며 나도 점점 더 힘이 솟아

오늘도 다채롭게 빛나는 나의 여정

났다. 정말 이곳에서 새로운 풍요로움을 만들어 나갈 방법들을 찾았다. 바로 처음 이곳을 계약할 때, 이곳에서 해보고 싶었던 리스트들을 기억한 것이다.

"다시 해보자. 난 이곳에서 커피만 잘 팔고 싶었던 게 아니야!!! 포기하고 싶었던 나의 에센스에서, 아니, 내가 좋아하는 것들이 이미 가득한 이곳, 내가 창조한 오렌지 공간에서 내가 하고 싶었던 일들을⋯."

그랬다. 카페를 창업하기로 결심했을 때, 내가 원한 곳은 성공 공식처럼 말하는 유동 인구 많은 상권의 매출 좋은 브랜드 카페가 아니었다. 주차가 편하고, 넓은 평수의 공간을 계약한 것은 클래스, 강연회 등 이 지역 사람들과 즐겁게 많은 것을 함께하고 싶었기 때문이었다.

개업 초기에는 적극적으로 강사들을 모셔 강연 행사진행도 여럿 했었는데, 내 안의 겨울 곰이 모든 것을 중지시킨 상태였다. 추운 겨울은 금방 지나간다. 다 알면서도 유난히 겨울을 싫어하는 나였기에, 더욱 더 앞이 깜깜했을지도 모른다. 그런 이유가 아니라도 상관없었다. 그래, 적어도 여기서 하려 했던 일들은 다 해보고 미련은 남기지 말자.

생각해 보니 카페를 창업하며 꿈꾸었던 못다 한 계획들이 아직 많이 남아있었다. 그중 하나가 바로 책방 카페이다. 사업자 등록할 때 카페와 함께 서점을 신청했었지만, 수익성이 없을 것 같아 포기했었던 동네서점 말이다. 어차피 내가 바라는 삶을 찾아 무모하게 세상 밖으로 나와 힘들게 구축한 지금이다. 그래, 책장부터 사야겠다.' 힐링 카페 에센츠에 동네 책방이라는 또 다른 타이틀이 하나 더 추가되는 순간이었다.

나는 하늘을 자주 보는 편이다. 꽤 의식적으로도 보려고 노력한다. 구름 하나 없는 맑은 하늘보다 구름이 있는 하늘이 더 매력적이다. 구름을 보며 혼자 묻는다. 저 수많은 구름 중에서 잘못된 모양의 구름이 있는가. 불어오는 바람에 따라 시시각각 수없이 변하고, 제각각인 구름이지만 그게 잘못되었다 할 순 없다. 설사 수분을 가득 머금고 검은 먹구름이 될지라도 말이다. 그땐 그냥 한바탕 비를 쏟아내고 나면 화창한 하늘의 깃털 구름이 되지 않던가. 이 세상에 잘못된 모양의 구름은 없다.

지금의 나의 길 또한 마찬가지이다. 다른 사람과 조금은 달라도, 크게 다르지 않은 어차피 구름일 뿐이다.

대부분 편안한 일상을 유지하지만, 가끔은 쉽게 약해지고 헤맨다. 그래도 이내 무너졌다가 알아차리고, 일어선다. 늘 반복이지만 나는 안다. 조금씩 내가 단단해져 가고 있음을. 혹시 누군가 살면서 힘들어 좌절하고 있을 때, 말해주고 싶다. 네가 어떤 모양의 구름이어도 이쁘다고, 지금, 이 순간 존재하는 거로 충분하다고 말이다.

늘 어린아이처럼 노랗게 살고 싶어

선을 하나 주욱 그어본다. 이내 그 선은 네모들이 되고 공간이 되고, 벽이 된다. 예전의 건축회사에 다니며 무수히 그렸던 펜 선과 캐드선 들은 지금 어느 도시 어느 건물의 벽도 되고, 창도 되고, 지붕도 되어 있으리라….

나의 20대를 떠올리면 그저 노란 필터를 끼워 놓은 듯, 밝게 빛난다. 20대의 나는 여행을 좋아하는 꿈 많은 건축학도였다. 대학 시절, 옷 몇벌과 스케치북과 벽돌처럼 무거웠던 니콘 F3 필름 카메라를 들고, 오직 건축물만 바라보고 온 첫 유럽 여행은 지금 생각해도 참 어이없다.

보통 배낭여행자들처럼 유명 명소나 미술관이 아닌, 유럽 시골의, 건축 잡지에만 나올법한 곳들만 찾아다닌 고된 디자인 여행이었다. 오스트리아 Mur 강의 골뱅이같이 희한하게 생긴 다리 건축을 보러 그라츠에 가고, 교통편

오늘도 다채롭게 빛나는 나의 여정

이 열악해 이틀의 시간을 잡아야 하는 일정이라 다들 가기 꺼리는 롱샹성당도 직접 가서 보고야 말았다. 요즘에야 우리나라에도 많이 유행하는 미드 센추리 가구의 본고장인 바젤과 비트라 캠퍼스를 이미 20년 전에 직접 눈에 담았었다.

그래도 책으로만 보던 건물과 가구디자인을 직접 만져보고 눈으로 담을 수 있어서 행복했던 시간이었고 나만의 미학적 관점이 생겨난 여행이었다. 그때의 나는 나중에 이런 멋진 건물을 지어야지 하는 큰 포부와 열정이 가득했었던 꿈 많은 어린아이였다. 취업도 순탄하게 했다. 건축계에서는 열 손가락에 꼽히는 회사에 들어갔고, 회사에 대한 애사심과 설렘도 가득했었다. 평생 이렇게 공부와 여행과 건축만 담고 살 줄 알았다.

그러나 현실은 수시로 새벽 5시에 들어와 9시에 다시 출근하는 마감기간이 찾아오는데다, 정해진 노동 시간이 없이 시도 때도 없는 야근과 주말 특근이 당연시되던 회사 생활이었다. 게다가 고작 월 10만 원을 야근 값으로 적용해 계약하던 시대였다. 그럼에도 설사 몸은 힘들고 고되기는 했지만, 직접 건축 과정에 참여한다는 일의 쾌감과 배움이 더 많은 일들이었기에 나름 즐거웠고, 프로젝트가 끝낼 때마다 큰 자부심을 느꼈다. 이렇게 좋아했던 건축의 길은 끝까지 가보지 못한 길이 되었지만, 힘든 것보다 좋았던 기억만 많이 남는다.

그 시절, 나의 20대를 꽉 채운 건축적 사고방식들과 여행의 경험을 통해 얻은 습관들은 황금처럼 노랗게 빛나는 나의 20대를 풍요롭게 기억하게 해주고 있고, 여전히 내 삶에 남아있다. 건축가에게 있어서 의도하지 않은 디자인은 없다. 그래서인지 지금도 낯선 공간에 들어가면 늘 재밌다. 일종의 직업병처럼 도시를 걸을 때 마주하는 건물의 전면과 동선이 선으로 읽힌다. 설계자의 배려가 느껴지는 건축 마감을 보면 속으로 혼자 박수를 치기도 한다. 그 공간을 만나는 사용자의 걸음과 속도, 시선을 결정하고 공간의 쓰임을 설계했을 사람을 생각하게 된다. 이러한 전체를 연결해 바라보는 사고방식과 어떤 설계자적 상상력은 지금까지도 내게 풍부한 자양분이 되어준 듯하다.

여행도 마찬가지이다. 가끔 가족들과 지인들에게 하는 말이 있다. 나는 죽을 때까지 여행할 거라고. 나이 들어서 외국 양로원에서 영어로 체스 두는 삶이 꿈이라고 말이다. 늘 낯선 도시의 여행을 꿈꾸는 것은 이런 새로운 직접 경험이 주는 쾌감과 공간과 도시의 파노라마 적으로 담겨있는 역사적, 공간적인 이야기가 궁금해서일 것이다

오늘도 다채롭게 빛나는 나의 여정

노란색은 어린 아이이자 태양같은 색이다. 밝게 빛나는 노랑, 호기심 넘치게 탐구하고 배우고 싶어 하고, 뭐든 하고 싶어 한다. 뭘 몰라서 두려움도 없고, 생각이 가볍고 행복하다. 세상의 첫발을 뗄 때는 어린아이처럼 두려움이 많고, 늘 밝게 빛나고 싶어 하는 태양처럼 자신을 드러내는 일에 완벽해지려는 면도 있다. 조금 틀려도 괜찮아 하는 대찬 여유가 없으면 감당하기 힘든 컬러이기도 하다. 전통적으로 황색은 위장 부위를 상징한다. 옛 어른들이 "넌 아는 게 많아서 먹고 싶은 것도 많겠다"라고, 말씀하셨듯이 늘 지식에 대한 호기심으로 뭘 배우든지 깊게 알아간다.

나는 불쑥불쑥 튀어나오는 내 안의 노란 에너지를 사랑한다. 그것은 새로운 도전을 두렵지 않게 만드는 노란색 매직이다. 옐로우의 호기심과 경험 욕구는 언제나 나를 채워주고, 성장시켜 주었다. 무엇이든 새롭게 알아갈 때 기쁨들은 늘 나를 가볍게 해주는 것만 같았다. 이 글을 읽는 나의 소중한 사람들도 각자 자신 안에 꿈틀대는 노란색 어린아이가 무엇을 원하는지 찾아보기 바란다.

순간을 남기는 핑크빛 사진

　서른이 되어 겪은 큰 변화는 한 생명을 품었고, 우리 라니의 엄마가 되었다는 것이다. 아기가 태어난 후, 내 몸에 5킬로의 다른 생명이 함께 부비고 살던 그 감각들. 지금 생각하니 이렇게나 그립고 소중한데 그 당시에는 첫아기 첫 육아로 나름 힘들었었다. 기저귀 갈고, 목욕시키고, 이유식 먹이고, 그림책 읽어주고, 재우고 깨서 울면 다시 안고 달래고 한 쳇바퀴 같은 일상들. 정신없이 라니에게만 집중하느라 나를 잊고 살던 시간이었다.

　그런 초보 엄마의 고됨을 치유한 건 조금씩 성장하고 있는 모습을 남긴 아이의 사진들이었다. 아침부터 저녁까지 아기의 일상을 직접 카메라에 담았다. 천천히 커가는 라니를 프레임에 담으며, 종일 똑같은 육아 일상에 의미를 부여했었다. 지금도 그때의 사진들을 보면 감사하고.

늘 행복감을 느낀다. 그 순간에 셔터를 눌러 남겨두지 않았다면, 흐릿한 기억 저편으로 이미 사라지고 없을 알콩달콩했던 시간이, 아직도 기억에 남은 건 바로 사진 때문일 것이다.

아기가 200일쯤 지난 어느 날, 갑작스럽게 허리 통증이 시작되었다. 아기랑 둘이 남아있는 집에서 허리에 힘이 안 들어가고 일어날 수도 없어 누워있어야 하는 시간이 며칠 계속되면서, 어쩔 수 없이 무섭지만, 디스크 시술을 받았다. 허리통증은 좋아졌고 시술과 입원으로 자연스레 단유가 되고 나니 뭐래도 다시 일을 하고 싶어졌다. 아기가 어리니 야근 많은 건축회사로 돌아갈 순 없었고 할 수 있는 일이 없었다. 경력 단절 여성, 바로 나였다.

내가 할 수 있는 것 중에 생각하다 보니 떠오른 게 사진 촬영은 할 수 있을 것 같았다. 또 각각의 이미지대로 사진 컨셉를 디자인하고 구현화 할 수 있을 거라는 건축과 출신의 막연한 자신감도 한몫했다. 틈만 나면 외국의 예쁜 아기 화보들을 구경하며 우리 라니에게 입히기 위해 해외 직구 등으로 고가의 아기 옷들과 해외 소품들을 어지간한 스튜디오만큼 쟁여두었었는데, 그걸 활용하면 될 것 같았다.

무엇보다, 우리 라니처럼 다른 아이들도 예쁘게 촬영 해 주고 싶었다. 이 순수한 마음으로 경험 없이 부동산을 찾아다니며 상가를 계약하고 나의 첫 창업. 베이비스튜디오를 창업했다. 직접 부딪혀 보니 사진 스튜디오도 건축 못지않게 종합적인 분야였다. 도면을 청사진이라 하지 않던가. 설계자가 사각 캐드 도면을 줌 아웃 하며 거시적, 미시적으로 공간에 프로그램을 구성하는 건축과 렌즈를 줌아웃하며 사각 프레임 속에서 원하는 구도로 작가가 원하는 대로 담는 사진은 너무나 닮아있다.

촬영 컨셉을 만드는 과정도 참 좋았다. 어떻게 하면 아기가 돋보일까만 고민했다. 하얀 도화지 같은 배경에 주된 색감만 살린 동화 같은 컨셉과 시간이 지나도 촌스럽지 않은 웨딩 같은 맑은 색감의 아기 사진. 그것이 우리 스튜디오의 컨셉이자 핵심 기준이었다. 우린 주로 예술작품이나 소설 속에 영감받은 장면들을 스케치하고 외주를 맡겨 제작하고 때론 직접 페인트칠 했다. 어울리는 컬러의 의상을 구매해 컨셉마다 딱 떨어지는 구성을 완성한다. 그렇게 우리 스튜디오만의 독특한 컨셉들만 있었다. 한국 스튜디오들에서 많이 쓰는 소품업체들에서 구매하는 그 흔한 바닥 배경 하나 없었다.

그때 그 사진관은 그 자체가 내 취향이었던 나의 첫 번

오늘도 다채롭게 빛나는 나의 여정

째 사업이었다. 영국 여행 중에 영감받아, 근위병 인형을 손뜨개 주문 제작해 만든 몽글몽글한 컨셉도 있었고, 어린 왕자에 나오는 보아뱀 배 속 코끼리를 연상해 만든 푸른 코끼리 컨셉은 그렇게 만들어진 동화 같은 컨셉이다.

그러나 그저 사진만 예쁘게 찍으면 사랑받을 수 있다고 생각한 나를 호기롭게 나를 비웃어줬다. 경험 없는 어리바리한 초보 사장님을 호되게 키운 8할은 당시의 첫 직원들이었다. 술도 안 깨고 12시에 오는 직원님, 가불하고 잠적한 직원님, 나중에 알았지만, 경력을 뻥튀기 해 2~3배의 월급을 요구한 직원님, 여러 명의 촬영 대금을 자기 통장으로 받은 직원님 등등 정말 다양한 사람들을 만나며, 진짜 세상의 험한 모습을 맛봤고, 순진한 엄마 사장은 노련하게 세상을 마주할 수 있었다.

다행히 스튜디오 생활은 점차 익숙해졌고 다행히 누구나 찾아온다는 30대의 대운은 이 무모한 사업이 망하지 않고 더욱 탄탄해지도록 해주었다. '난 다 할 수 있어!'라는 자기 최면도 한몫했다. 처음 해보는 모든 것들은 모두 익숙해졌고 잘하는 것들이 되었다.

세상에 의미 없는 시간은 없다. 세상 낯선 일에 도전해

겁없이 운영한 스튜디오의 촬영자이자 대표였던 7~8년의 시간은 내게 마케팅과 직원 관리와 영업의 기술, 고객의 마음을 읽는 감각을 주었다. 이 뿐만이 아니다. 어떤 일을 결정할 때 자기 사업 한 가지 오래 개척해 본 사람만이 가지는 배짱과 일의 프로세스에 대한 노하우를 함께 알려준 듯하다.

무엇보다 사진으로 사람들을 감정 변화를 일으키는 일을 하며 나 스스로에 대한 효능감도 커진 시간이었다. 사진을 찍는 일에 대한 의미를 자부심을 주었다. 조건 없는 사랑을 상징하는 분홍빛. 피사체를 찍는 과정이나 본인 혹은 사랑하는 이의 사진을 바라보는 과정 속엔 이런 분홍빛 사랑의 힘이 필요한 작업이다. 그렇게 사진 일은 나에게 또 다른 삶의 이유가 되어주었다.

보통 콧물 흔적 남아있는 아기 얼굴을 젖은 수건으로 닦아주고, 특별한 옷을 입혀 예쁘게 촬영해 드리면 평소 내복만 입은 모습을 보다가, 사랑스러운 아이의 전혀 딴 모습에 행복해하신다. 육아의 파노라마적인 힘든 시간은 모두 잊히지만, 내가 촬영해 드린 단편적인 순간의 사진은 엄마와 아기의 어린 시절 한 페이지에 평생 남아 행복한 기억을 줄 것이다. 그렇게 행복해하는 부모들을 보며 나에게도 나의 일을 큰 자부심과 동기부여가 되었다.

그땐 아기를 촬영하는 순간들이 참 좋았다. 당일 아기 컨디션이 대부분의 촬영 성패를 좌우했지만, 사각 프레임 속에 내가 좋아하는 의상을 입혀, 좋아하는 각도로 아기들 사랑스런 웃음을 담는다. 가끔 아기들이 하트 모양의 입술로 웃어줄 때는 세상 다 가진 기분이 들었다.

잘 찍은 사진의 비결은 무수한 셔터 수와 엄격한 사진 셀렉이다. 보통 촬영자들은 셔터 막과 시간을 아끼느라 촬영 전 미리 컷 수를 정하지만 나는 그런 게 없었다. 셔터를 누르는 그 시간에는 아기의 호흡에 맞춰 무아지경으로 온몸의 에너지를 태웠다.

그렇게 얻은 촬영 원본들 중 좋은 사진을 선택하고 색감 정리하면서, 모니터를 통해 아이들의 울고 웃는 사랑스러운 표정들을 되 돌아 보며 혼자 뿌듯했었다. 수백 장의 사진 속에서 많은 사진들이 지워지고 정말 좋은 표정을 담은 몇 장만이 선택되어 엄마에게 전달되는데, 난 이게 항상 아쉬웠다. B컷을 지우지 않고 원본 모두 주고 싶었다. B컷도 소중하게 봐주시라고 하고 싶었다. 물론 나도 엄마이기에 이왕이면 우는 표정보다는 평소 집에서 많이 보는 웃는 표정이 더 아른거리는 마음도 이해가 된다.

그래서 아기들의 그 사랑스러운 B컷을 기억하는 건 온전히 내 몫이다.

그렇게 내 카메라를 거쳐 간 아기들이 만 7년이니까 대략 계산해 봐도 수천 명의 수억 장 B컷들이 외장하드 속에 그대로 남아있다. 어쩌다 SNS상에서 벌써 자라 초등학생이 된 아이들을 보면 혼자 반갑고, 나도 같이 키운 듯이 왠지 애틋한 마음도 든다.

사진은 쌍방향이다. 촬영자도 있지만 찍히는 피사체인 사람도 있다. 보통 사진 찍을 땐 가장 예쁜 모습으로 꾸미고 오지 않는가. 이분들의 상황, 표정, 이야기들이 녹아 있는 사진은 그 자체로 그 시간의 이정표이자, 기록물이다. 그렇기에 나는 촬영할 때 질문을 많이 한다.

"선생님, 요즘 기분은 어떠세요~?"
"요즘 많이 바쁘게 지내시나요~ 여유가 있나요?"
"요즘 젤 바라는 일이 무엇이에요?"

라며 관심을 표현 해본다. 보통 이런 질문을 받으면 처음엔 당황하시지만, 의외로 많은 이야기를 들려주신다. 서로의 경계가 허물어지며 사진에 가장 좋은 표정과 즐거운

오늘도 다채롭게 빛나는 나의 여정

추억이 남겨진다. 훗날 내가 찍어드린 사랑스러운 자신의 모습을 보며 그 시간을 기억할 것이다.

코로나가 시작되고 다들 온라인 줌으로 사람과 만나던 때부터 3년 이상 지속된 독서 모임이 있다. 그분들과 수많은 랜선 대화 중에 한번은 꿈을 말할 때가 있었다.

"저는 사람들을 사진으로 성장시키고 싶어요! 제가 찍은 사랑스런 아기 사진들이 부모들의 육아 만족감을 높이고 육아로 인한 힘든 감정을 치유하는 것을 보며, 너무 행복했었어요. 우리 엄마들도 자기 자존감을 높여 줄 자기를 사랑스럽게 담은 사진이 필요해요. 우리 다 성장하고 싶고 브랜딩하고 싶어, 이렇게 책 읽고 공부하는 거잖아요? 우리 엄마들도 브랜딩을 위한 사진과 영상이 필요해요! 브랜딩을 돕는 첫 시작은 사진이에요. 이젠 있는 그대로의 사랑스러운 우리 모습을 남겨주고 싶어요." 라고 말이다.

얼마 전 그때 그분들을 카페로 모셔 단체 촬영과 개인 프로필 사진을 촬영해 드리며 추억을 남겨보았다. 나 역시 가끔 프리랜서로 돌잔치나 회갑연 스냅촬영은 했어도, 몇 년 만에 촬영하는 단체 포트레이트 촬영인지라, 내가 꽤

한 일을 제안했나 싶어 아찔하기도 했다. 그러나 역시 몸의 감각은 다 기억하고 있었다. 표정을 끌어내기 위해 촬영 때 쓰던 말투와 농담까지도 말이다. 원본을 받아 보시며 모두 좋아하시고 고마워하셨지만 사실 내가 더 감사한 시간이었다. 덕분에 나는 내가 좋아하던 내 모습을 다시 만났다.

그래. 나는 촬영자로서의 나도 참 많이 좋아한다. 이젠 아기가 아니라. 엄마를 담으며 브랜딩을 위한 시작을 돕고 싶다. 아기가 태어나면 가장 먼저 사진을 찍는다. 그 순간의 모습을 기억하고, 세상에 새 생명의 탄생을 알리기 위해서이다. 마찬가지로 우리 엄마들이 각자 자기 브랜드로 사업을 시작하거나, 브랜딩을 시작할 때도 사진을 찍는 일을 가장 먼저 해야 하지 않을까? 새로운 출발과 비전을 알리고 기억하려면 말이다. 번거롭고 낯설더라도 프로필 사진을 남김으로서 다른 프레임의 자신을 새롭게 설정하고, 성공하시라 말씀드리고 싶다. 혹시 자신을 사랑하는 법을 잃어버렸거나, 본인을 새롭게 포지셔닝 하고 싶을때도 자기 사진을 한번 찍어보시길 권한다. 셀카도 좋다. 이때, 자기 모습을 분홍색 시선으로 사랑스럽게 바라보는 것을 잊지 않으시기를.

나를 살린 치유의 보랏빛 도구들

나름 탄탄히 운영되던 스튜디오를 정리하기로 마음먹은 건, 둘째가 태어나고 얼마 안 되어서이다. 라니만 잘 키우면 될 줄 알았는데, 6살 터울의 둘째... 또다시 시작된 신생아 육아와 스튜디오 운영은 병행하기 힘들었다.

'그때 조금 더 버텨볼걸.' 이때 정리한 사진관을 한동안 두고두고 참 많이 아쉬워했다. 그도 그럴 것이 사진관도 7년 차가 되어 별 홍보 없이도 운영되던 탄탄하게 나름의 수익이 있는 파이프라인이자 얼마나 애정을 갖고 좋아했던 일인데, 그간 예쁘게 가꿔온 꽃밭을 내 손으로 엎어버린 느낌에 한동안 카메라를 꼭꼭 숨겨 두고 꺼내 보지 못할 정도였다.

차를 본격적으로 마신 것도 바로 이 시기이다. 물을 끓이는 시간, 좋아하는 차를 고르는 시간, 다기를 찻물로 데

위 준비하는 시간 등 일상의 작은 위로가 되었다. 남들처럼 멋스러운 다도를 한 게 아니라, 그저 살기 위해 식탁에서 가졌던 혼자만의 단출한 시간이었다. 차를 한 모금 호로록 마시는 그 순간의 여유와 기쁨은 소소하지만, 확실한 행복 그 자체였다.

인생에서 가장 쓸쓸했던 시기에 만난 그때의 차 맛을 아직도 잊을 수 없는 이유는 따뜻한 차 한 잔이 왠지 내게 귀함을 선사하는 것 같았기 때문이다. 물에 맛있는 영양분을 다 내어놓고 불려진 엽저들을 보고 있을 때면 그 찻잎이 마치 오직 나를 위해 존재하는 것 같았다. 작은 잔에 따라 여러 번에 나누어 천천히 마시며 최대한 시간을 보냈다. 그러고 나면 잠시지만, 복잡한 생각들을 잊을 수 있었다.

그래서 그런지, 카페에 오시는 손님 중에 음료를 다 마시고도 이야기가 길어지는 테이블이 있거나, 조금 힘들어 보이는 분들이 계시면 그 당시 나를 위로했던 찻자리를 생각나, 슬쩍 차를 우려 따뜻할 때 드시라 권한다.
'맛있게 드시길~' 라는 작은 주문과 함께 말이다.

차도 좋았지만, 결정적으로 나를 세상 밖으로 다시 끌고 나가준 건 향기였다. 차와 마찬가지로 에센셜 오일의 향기도 땅이 주는 자연의 선물이다. 식물에서 추출한 오일

오늘도 다채롭게 빛나는 나의 여정

의 순수한 향기는 망가진 내 몸과 마음을 살리기 시작했다. 그 힘은 실로 엄청났다.

흔히 40세 전후는 인간관계가 새롭게 정리되는 시기라고 한다. 그즈음 나도 그런 일들이 있었고, 게다가 외출도 쉽지 않은 코로나 시기에 집에만 있으면서 웃지 않는 날들이 많아졌다. 숨을 쉬는 것조차 무서워지고, 두려웠던 날들, 겉으로는 아무렇지 않았지만 속으로 혼자 무너졌을 때가 있었다. 사진관 대표에서 전업주부가 되어버린 일 년 동안 나는 스스로 일이 없는 사람, 무가치한 존재라는 느낌에서 벗어날 수가 없었다. 우울감이 시작된 것이다.

그 에너지 넘치던 의욕이나 열정이란 게 모두 사라지고 이제는 다시 세상에 나가 뭘 시작할 수 없을 것 같은 무기력 또한 오래 지속됐었다. 그때 단절된 세상에 다시 나갈 수 있게 내 마음을 다시 살린 건 바로 프랑킨센스 향기였다.

정말 한동안은 손에서 놓지 않았던 것 같다. 부정적 감정이 올라 올 때마다 뚜껑만 열어 향기를 맡으며 의지했다. 알싸하면서도 쿰쿰한 프랑킨센스 향을 맡으면 희한하게 마음이 조금씩 진정되었고, 무료한 일상이 살짝 밝아 보이며, 숨쉬기가 편해졌다. 무엇보다 사진관을 운영할 때는 거의 매주 마사지를 받을 정도로 심했던 어깨 통증이 있었는데, 동서양 의학, 시술 등 무엇으로도 낫지 않던 지긋지긋한 어깨통증이 아로마를 바르면서 사라지자 정말 매료되지 않을 수 없었다.

평생 살면서 이런 게 있는 줄도 몰랐던 에센셜오일의 향기는 금세 나를 바꾸었고, 우리 가족을 둘러싼 집안 공기마저 달라지게 했다. 아이들 깨울 때부터 밤에 재우기 전까지 오일을 두피와 발바닥에 발라주며 스킨쉽을 해주어서인지, 아이들도 건강하게 잘 크고 있다. 지금도 우리 집은 늘 식물의 향기가 있는 감사한 생활이 이어지고 있다.

뭐든 깊게 공부하기를 좋아하는 나는 아로마도 역시 마찬가지였다. 말 그대로 빠져버린 것이다. 밤마다 외국의 원서들과 논문, 책, 강의를 통해 에센셜 오일을 배우고, 활용법을 하나씩 직접 해보며, 어느새 '이건 이런 오일이야~' 라고 자신 있게 말할 수 있게 되었고, 거창한 아로마 테라피스트는 아니지만 향기를 소개하며 도움을 주는 일이 좋았다. 공황장애로 힘들어하던 친한 언니와 늘 여기저기 아프다고 힘들어하신 우리 엄마를 시작으로 소소하게 이 매력을 알아주는 분들이 생겨났으며, 어느새 나도 아로마 강사로 여러 자리에서 부름을 받고 사회 속으로 다시 나오게 되었다.

수능을 마친 고3 학생 10개 반, 300여 명에게 천연 조향 수업을 진행하는 일도 있었다. 내가 고등학교 교단에 서게 될 거라고는 한 번도 생각하지 못했는데 말이다. 아니 가르치는 사람이 될 거라고도 생각 못 한 것 같다. 구리시 사회적협동조합과 함께 한 결손가정의 아이들을 위한 향기치유 과정, 모 기업의 아로마 마음 챙김 과정, 감정 아로마 클래스 등 일로서의 아로마 수업은 그만큼 매력적이었고, 뿌듯했었다. 그렇게 나를 살린 향기가 누군가에게 도움이 될 수 있다는 걸 직접 경험하며, 아로마 강사로서 아로마테라피를 가르쳤고 작은 공방도 열었다.

그런데 다양한 사람들을 만나다 보니 크고 작은 마음의 구멍들이 보였고, 이를 향기뿐 아니라 다양한 도구로도 소통하며, 감정적 문제를 좀 더 전문적으로 마음의 문제들을 돕고 싶은 열정이 다시 생겼다. 약 2년의 공부 끝에 컬러 심리 상담 과정인 영국 오라소마 프랙티셔너 자격까지 얻어 상담가이자 힐러가 되기도 했다. 평소 즐겨마시던 차도 본격적으로 배워 티 소믈리에과정과 티 컨설턴트 과정 등을 마치고 티 클래스도 열었다.

나는 사람에게 직접 도움 되고 치유력을 가진 보라색 도구들을 좋아하다 컬러의 파장과 아로마 향기, 크리스탈, 차와 명상을 통해 나는 평생의 업뿐만 아니라 내 일상의 속도를 완급 하는 방법을 찾았다. 자기실현과 성장을 위해 치열하고 빠르게 사는 열정적인 에너지 넘치는 레드의 삶도 나 답지만, 때론 잠깐 모든 것을 멈추고, 조금 더 깨어있는 내가 되어 주변을 바라볼 수 있게 해준 것도 이런 보랏빛 도구들이다.

직업적으로 상담을 하다 보니 마음이 아프신 분들이 많이 오신다. 겉으론 무척 밝으신 분들도 이야기를 나누다 보면, 어릴 적 혹은 내부적인 아픔을 이야기하신다. 그분들께 실질적인 도움을 주고 싶었다. 컬러테라피 프랙티셔너, 아로마 테라피스트, 크리스탈 테라피자격, 티소믈리에 자격, 명상 등, 마음을 치유하는 도구들을 하나씩 접하고 배운 것도 그래서이다. 이런 분들을 만날 때면 상담 전 차를 내어드리고, 향기를 나누고, 함께 호흡한다.

스스로 자신을 보듬을 수 있는 지금에 감사하며, 현재의 순간에 머물며 알아차리는 시간을 늘리고 있다. 그러면서 외치는 혼자 외치는 주문이 있다.

"나는 알고 있다. 나는 지금 스스로 점점 더 단단해지고 있다."

오늘도 다채롭게 빛나는 나의 여정

나눌수록 쌓이는 초록색 곳간의 마법

카페에 서가가 들어온 후 단골손님들은 분위기가 많이 달라졌다고 한다. 지나가다 들르시는 분들 또한 많아졌다. 서가의 책들은 내가 관심 가는 주제인 테라피 관련한 자연치유나, 차 아로마, 생활 원예 같은 책들과 삶의 깊은 통찰을 주는 철학과 양자역학, 인문학 류 그리고 글쓰기와 관련된 일상에 흔히 볼 수 있는 평범한 작가들의 에세이들이었다. 독립출간물에도 관심이 많아 신진 작가들이 보내는 책들을 입고시키고 있다.

나는 책이 우리를 좋은 곳으로 데려다준다고 믿는다. 그래서 에센스에 방문한 분들이 좋은 책을 만났으면 하는 마음에 신중히 큐레이션 하게 된다. 책을 읽으며 우리는 작가가 가진 응축된 에센스를 만나, 지식과 경험치를 쌓고 그의 생각과 나를 접목해 보는 시도를 한다.

내가 좋아하는 것들은 그 자체로도 에센스(ESSENCE)*
이지만 모두 블렌딩이 가능한 특징이 있다. 커피, 차와 컬
러의 빛, 식물의 아로마와 작가의 쏘울이 담긴 책, 모든 것
을 비우고 혼자만의 시간을 갖는 명상은 다 에센스라 생
각했다. 이런 저마다의 재료들을 기능과 기호에 맞게 섞
은 것이 블렌딩(Blending, 혼합물)이다. 커피 블렌딩, 티
나 음료 블렌딩, 아로마 블렌딩뿐 아니라 책과 사람의 융
합 말이다. 요즘 교육 현장에서 강조 하는 창의 융합적 사
고, 새로운 접목 다 마찬가지이다. 각 재료가 가진 성격을
잘 이해하고 있을 때, 두 가지 이상의 재료를 섞어 각각의
단점을 보완하고 더 나은 가치를 만든다.

사람과 사람 사이의 관계도 블렌딩이 되면 좋지 않을
까? 서로 다른 사람들이 만나 건강한 관계가 되려면 나와
생각이 같아지는 걸 고집하는 게 아니라 잠시 어울려 서
로의 장단점을 보완해 주고, 배워나가며, 서로의 개별성
과 취향을 존중해 주고 배려할 때 비로소 좋은 블렌딩이
된 모임이 탄생한다.

처음 오렌지적인 생각으로 시작한 카페 에센츠는 이런
노랑, 분홍, 보라색의 나를 찾아가며 그린의 공간으로 블
렌딩 되었다. 취향 공동체라는 말을 자주 쓴다. 모든 취향
이 비슷한 사람들이 모여 서로가 서로에게 잠시 힐링을 주

고, 좋은 변화를 끌어줄 거라 믿는다. 실제 에센츠에는 그런 따뜻한 취향을 가지신 분들이 많이 오시는 건 서로에 대한 끌어당김인지도 모르겠다.

작년, 카페 오픈 초부터 지속해 꾸준히 진행한 초청 강의는 벌써 아홉 번째 작가와의 만남을 진행했다. 좋은 프로그램을 기획하고 이벤트를 만들어 그 판을 사랑해 주고 즐거워할 사람을 찾는다. 딱히 홍보나 마케팅을 잘하는 것도 아니면서 그저 판을 만든다. 그래도 감사한 것은 주최자로서 크고 작은 행사가 열릴 때마다 수고롭게 일부러 와주시는 분들이 계신다는 것이다. 좋은 프로그램을 기획하고 이벤트를 만들면, 그 자리가 필요하신 분들이 오셔서 사랑해 주고 즐거워하신다. 오늘 자리 만들어 주어 고맙다고, 아주 좋았다고 말해주는 분들과 더 좋고 색다른 자리를 만들어 경험해 드리고 싶었고, "저도, 여러분도 저 자리에 설 수 있어요. 함께 성장해요"라고 말해 주고 싶었다.

그린 컬러의 키워드는 사람들과 관계를 맺고 방향을 찾아가며 다양한 현실들을 수용하는 시간적 공간, 물리적인 공간, 가슴의 공간이다. 자신과 타인을 가슴으로 이해하는 파노라마적 앎을 통해 내면이 진정 원하는 진리를 찾는 방향으로 나아갈 수 있다. 결국은 뿌린 대로 거두리라는 절대적인 진실도 그린이 주는 메시지이다.

이제는 무언가 되려고 애쓰는 내가 아니라 그저 물 흐르듯이 자연스럽게, 이곳을 사랑해 주는 사람들 함께 성장하고 싶다. 다 같이 취향을 키워가고, 책을 읽고, 개인사무실처럼 일을 하고, 강의하고, 수익을 가져가는 장(場)을 만들어 드리면, 그 후에는 곳간 사람들이 스스로 발화되는 장(場) 말이다.

그렇게 같은 뜻을 가진 능력자 분들이 모여 책방 프로젝트의 일환으로 '지구별 곳간'이라는 동네 독서 모임 플랫폼이 시작되었다. 책을 좋아하고 나다움을 찾는 같은 결의 사람들이 느슨한 연대로 함께 하며 서로에게 선생님이자 선배이자 거울이 되어준다. 각 소모임의 리더들 뿐 아니라 모임에 참여한 사람들도 언젠가는 자기다움을 발견하며 사람들에게 크고 작은 선한 영향력을 줄 수 있는 자리를 마련할 수 있게 돕는 우리들의 곳간이다. 책이 바로 사람을 성장시키고 치유하지 않던가. 책과 사람을 통해 영감받는 모든시간들이 우리를 성장시킬 수 있을 거라 믿기에, 그 지식과 영감을 나눌수록 쌓이는 곳간처럼 이곳에서 각자의 마음속 곳간을 채우기를 진심으로 바란다.

이렇게 나 또한 지금 하고 있는 일들의 방향을 설정하고 나니, 내면의 불안이 없어져 갔다. 지금은 마치 신호등의 초록 불처럼 안심하고 앞으로 나아가라는 편안함이 흐르는 듯 하다. 이제야 진정한 자신의 목적과 방향성을 찾는 그린의 여정이 시작된 듯하다.

터콰이즈 바다 속 노란 돌고래

　햇살이 따스하게 비추어 터콰이즈 색[3]으로 빛나는 푸른 바다 한가운데에, 노란 돌고래 한 마리가 헤엄치고 있다. 그는 매끄러운 꼬리를 사용해 부드럽고 우아하게 유영하다가 때론, 폴포이징[4]을 한다. 놀라운 속도와 민첩성으로 바다를 거침없이 이동하며, 파도를 이용해 쉽게 활공하고 잠수한다.

　그는 원할 때 휘파람 소리도 내고 목청껏 노래도 부르며, 장난기 가득한 에너지로 늘 즐겁다. 이 창조적인 의사소통 방식으로 항상 자기를 표현한다. 다른 사람이 원하는 다같은 목소리가 아닌 늘 꿈꾸던 개별화된 자기 자신만의 목소리이다.

---

3 터콰이즈 : 파란색과 초록색의 중간쯤, 민트색과 비슷.

4. 폴포이징(porpoising) : 바닷물 밖으로 솟아 한 바퀴 공중제비 후 몸을 뒤틀어 바닷속으로 다시 뛰어드는 동작

　　　　　　　　오늘도 다채롭게 빛나는 나의 여정

처음 시도한 나의 글쓰기에 대한 도전은 어쩌면 돌고래의 터콰이즈의 여정 같다는 생각이 든다. 이때 진정으로 가슴속에서 즉흥적으로 일어나는 가장 순수한 내면의 목소리를 발견하는 시간 말이다.

'뭐든 잘 해내는 사람, 그리고 자유로운 열정과 좋아하는 것들로 채워지는 말랑말랑한 일상 속에서 임팩트 있는 사람이 되고 싶어.'

몇 년째 SNS 계정 대문에 있는 글귀이다. 이 글을 작성했을 때는 몰랐다. 의미를 두고 쓴 글은 또 아니었다. 그런데, 어느 시점부터는 이 프로필 대문 글을 바꿀 수가 없었다. 세줄 글귀는 내가 본질적으로 바라는 내 모습이자, 내가 삶을 선택하는 작동 방식 같아 은근히 맘에 들기도 했다. 이 문장들처럼 살아가려 노력하는 내 모습을 보며 만족스럽기도, 살짝 무섭기도 했다.

나는 내가 스스로 재미없다 느끼는 일은 못 한다. 맞다. 그것도 내가 설정한 프레임이다. 의미 없이 내 소중한 시간을 급여라는 금전적 가치로 바꾸지 않으리라.
'내가 좋아하는 취향과 일로 수익을 창출하고, 가치를 만들자.'

'가슴이 뜨거워지고, 의미가 있고, 또 누구를 도울 수 있는 일들을 하자.'

"하기 싫은 건 안 할 거야!" 라는 말의 변명 같은 외침이지만, 정말 그랬다. 이왕이면 좋아하는 일로 먹고 살고 싶었다.

미련해 보일 수는 있지만 돈이 안 되는 일에 도전하며 성공하는 사람이 여기 있다고 증명하고 싶었다. 불행인지 다행인지 안 해본 걸 새로 시작하는 것이 크게 두렵진 않았다. 그래도 나답게 살아내는 과정은 늘 기쁨만 있는 것은 아니다. 세상을 나와 무언가 도전하려면 대가가 필요하다. 때로는 내가 스스로 만든 감옥 속에 있는 것도 같았다. 마치 물새가 겉으론 평온하지만, 물 속에서는 두 발로 쉴 새 없이 헤엄치는 것처럼 바쁘고 버겁기도 했다.

과연 내가 뭐든 잘 해내는 사람일까? 대충 한두 개만 잘 해도 되는데 나는 왜 뭐든 다 잘해야 한다고 생각할까? 나는 과연 자유로운 열정일까? 어린 날의 자유로움과 뜨거운 열정이 과연 지금도 남아있나? 시시때때로 SNS에 아무것도 업로드 못 하는 기간이 찾아오는 것도 바로 이 세줄 글귀에 대한 무게 때문인 듯도 했다.

지금 삶의 모습은 수많은 자신의 선택들이 만들어 낸 결과라는데, 과연 만족스러운가? 스스로 굴레에 나를 가둔 듯했다. 좋아하는 것들로만 채우고 싶은데, 군더더기가 남아있는 것도 마음에 걸렸다. 그 군더더기들을 꺼내 버리고 싶었다. 한편으로는 글쓰기를 시작하면 뭔가 객관적으로 나를 성찰하고, 겨우 봉합된 상처들을 꺼내 마주 하는게 겁이나 무작정 피했었다. 그런 내가 어느 날 갑자기 글을 쓰고 싶다는 것은 그 만큼 목에 가득 차 있는 내 이야기를 꺼내 세상에 발신하고 싶은 것 아니었을까?

이런 저런 나에 대한 고민이 꼬리를 물고 꽉 찬 목소리가 목구멍을 넘겨 터질 것 같은 날들이 지속됐다. 뭐라도 쓰고 싶었다.

하지 못한 이야기들이 울음이 되어 가슴 속 가득 작은 떨림들로 먹먹함이 계속되던 어느 날, 더 이상 미루지 말고 내 목소리를 꺼내 대체 내가 무슨 말을 어떻게 하고 싶은지 한번 들어봐야겠다는 생각이 들었다. 마치 푸른 바닷속에서 헤엄쳐 나가는 노란색 돌고래처럼 지나간 시간을 레팅고[5] 하고, 자유로운 내 목소리로 살고 싶은 마음이 들었다.

---

5 레팅고(letting go) 감정을 허용하고 흘려보내기, 내가 아닌 것을 놓아버리거나 흘려보내는 것

이런 다양한 감정의 흐름 속에서 그 길이 어딘지 모른 체 써 보는 것, 책 쓰기를 시작했다. 글을 쓰겠다는 마음만 먹고, 사실 뭘 써야 할지도 몰랐는데, 백지 속에서 채워지는 문장들과 사건들이 있는 것이다. 글을 써 내려가면서 잊고 있었던 시간과 감정이 기억났다. 문장을 채워 갈수록 그리고 모호한 안개 속을 걷는 것 같았던 나의 삶의 방향도 명확해짐을 느낀다.

더 신기한 것은 사람 사는 게 다 비슷하니까, 크게 다를 것 없어 보였던 나의 지나온 삶 속에서도 진짜 나를 만날 수 있었다. 물론 다른 돌고래들과 조금 다른 목소리를 이제야 겨우 들어볼 여유가 생긴 것이며, 살짝 구분할 수 있는 정도이다.

내 목소리의 톤과 리듬과 뭘 말하고 싶은 건지 멜로디를 알게 되었다. 어쩌면 변명 같은 글들의 반복이지만, 한줄 한줄 써 내려가며 내가 그 시간은 최선을 다해 살아냈음을 증언하는 시간이 된 것만으로도 충분하다. 글을 쓰겠다는 마음만 먹은 것뿐이지만 비로소 밖으로 탐색하는 것이 아니라 안에 있는 나를 탐험할 수 있는 용기가 생겼다. 나에게 친절하게 관심을 갖고, 바라보니까 이제야 그 안에 꽉 채우고 있는 지식과 경험을 잘 꺼내 쓰거나 비워

오늘도 다채롭게 빛나는 나의 여정

낼 수 있을 것 같다.

차를 따라 한 모금 마시며, 쓰는 사람으로 사는 삶을 살겠다고 마음먹는다.

그래 내 목소리로 말하고 싶은 것들을 나답게 세상으로 발신 해보자.

이제 막 세상 밖으로 나온 노랑 돌고래는, 사실 어디로 헤엄쳐 갈지 또 한참 헤맬 것이다. 그러나 안다. 푸른 바닷속을 매일 매일 조금씩 앞으로 나아가는 헤엄 끝에 반드시 내가 찾는 별이 있다는 사실을.

열정의 멀티버스 여행기

최은영

세상과 가열차게 공명하며 자신을 붙잡아줄
그 무엇을 찾기를 멈추지 않는다.
곁다리로 했던 콘텐츠 제작을 가장 재미있어 했다.
지금은 브랜드 '리브스토리즈'를 운영하며
'엄마 사회학'으로 가는 이야기 콘텐츠 생산에 전념하고 있다.

내가 가장 즐겁게 살고 있을 유니버스

걸음마를 떼기도 전, 할머니 화장대를 지지대로 삼고 서서, '마음 약해서'(가수: 들고양이)라는 곡에 맞춰 엉덩이를 '휙! 휙!' 흔들어 가족들을 까무러치게 했다. 마이클 잭슨 오빠가 세상을 한창 뒤흔들던 시절, 여섯 살의 나는 '빌리진(Billie Jean)' 음반을 틀어놓고 가족들 앞에서 한 시간 가까이 웃음기 하나 없이 땀을 뻘뻘 흘리며 춤을 추었다. '내 새끼 최고!'를 늘 외쳐주던 식구들의 응원에 힘입어 수시로 댄스 무대를 가질 수 있었다. 그 뒤로 에어로빅과 댄스 스포츠를 취미로 삼기도 했으나, 이제 나의 댄스는 기껏해야 노래방에서 흥에 취해 몸을 실룩거리는 정도이다.

애니메이션 '태권 동자 마루치 아라치'의 아라치 언니처럼 무술 하는 여자가 되고 싶다고 생각하면서도 태권도장에 갈 용기는 내지 못했다. 당시 여성적인 것과 남성적인 것

열정의 멀티버스 여행기

이 지금보다 훨씬 더 어이없게 구분된 세상에서 나는 태생적으로 여성적이지만은 않은 아이라 돌파구가 필요했음에도 방법을 찾는 노력에는 적극적이지 않았다.

  중학교 때의 연극반 친구들은 매일 점심시간에 발성 연습을 하였는데, 타인의 시선에 아랑곳하지 않는 그 외침은 거침이 없었다. 그들의 세계를 동경은 하되 동참할 결심은 하지 못했다.
  고등학교 음악 선생님께서 성악 전공을 해보지 않겠냐고 하셨다. 노래하며 자유로움을 느꼈고, 내가 잘 '쓰인다'라는 기분이었는데도 나는 할 수 없는 이유가 있다고 믿었다. 고리타분한 이런 말은 입에 올리기 싫지만, '학생의 본분은 공부'라는 세상이 나에게 부여한 입력값을 충실히 수용했다. 나의 알맹이와 닿은 활동이 해도 안 해도 그만인 취미로 분류되었다.

  선택하지 않았던 것을 선택했다면 어땠을까? 후회와 미련의 이 유니버스의 나와는 달리, 자기 주도적인 선택으로 사는 다른 유니버스의 '나'를 상상한다. 가창력 좋은 댄스가수, 인생의 본질에 관한 모노드라마를 연기하는 배우, 제2의 조수미, 토크쇼를 진행하는 MC로 살고 있지 않을까.

내가 사는 유니버스의 정체

"대학생이 되면 하고 싶은 거 다~ 해." 라는 말씀을 충실히 따랐다. 가뿐히 공부에서 손을 떼고, 그에 따라 성적이 곤두박질치는 그 시간을 봇물 터지듯 자유로운 선택들로 채웠다. 도덕이 가르쳐준 자유는 책임을 다할 때 비로소 달콤하다 하지 않았나. 방종은 아름다울 수 없었고 그 시간은 방황의 시간으로 변질되었다. 그러나 그 시간에 거둔 소득이라면, 접점들이 획기적으로 많아진 인간관계를 통해 잠자고 있던 나의 여러 정체성이 활성화되었다는 것이다.

셀 수 없이 많은 밤과 술잔 사이로 오가던 이야기 속에서 삶에 관한 생각과 표현의 언어가 점차 다채로워졌다. 관심사도 사적인 인간관계뿐만 아니라 사회에서 돌아가고 있는 여러 일에까지 이르렀다. 1학년 때 사회의 변화를 외치는 운동권 선배들을 따라 집회에 참여하거나, 대학 내

열정의 멀티버스 여행기

에서 일어나는 각종 행사에 닥치는 대로 찾아가 호기심을 채웠다. 2학년 때는 음악 동아리 활동에 빠져 살며, 가요 제에 출전하기도 했다. 그러다 교내 여학생들이 기획한 문화 포럼을 위한 홍보 공연을 하게 되었는데, 바로 그 공 연은 지금까지도 나의 일의 방식을 정하는 데 중대한 영 향력을 가지는 계기였다.

'음악이 감상의 대상으로서만이 아니라 메시지를 실어 설득할 대상의 마음을 움직이는 매개체가 될 수 있다니!'

당시 문화행사 홍보 콘텐츠와 그에 어울리는 음악을 조 화시켜 공연으로 만들고 직접 보컬로 참여한 경험을 토대 로 이후 나와 사회 사이를 연결하는 방법을 구상하곤 했다. 사람들이 공감해주었으면 하는 내용을 충분히 내재화하고 적절히 언어화하여 음악과 같은 문화적 코드에 실어 보내 는 작업이 매력적이었다.

그런데 그 뜨거웠던 가슴은 어디로 갔는지, 대학원 진학, 그리고 이후 경력은 타협적으로 세운 명분에 따라 선택되 었다. 핵심이 빠진 듯 헐거운 느낌은 나의 선택에 대해 확 신할 수 없게 했다. 예를 들어, 직장을 선택하는 주된 기준 이 '직업적 능력'과 '사회적 가치', 이 두 가지였다. 언어 능력 또는 기획력 등의 나의 능력이 충분히 쓰일 것인지, 그리고 직장의 사업 목적이 내가 추구하는 가치와 결이 맞는지에 대한 것이었다. 얼핏 들으면 '다들 그렇게 직장을 선택하는 것 아니야?'라고 생각하겠다. 그런데 홍보 콘텐츠 기획을 한다면, 책상에 앉아 문서 작성만 할 수도 있고, 행사기획을 할 수도, 내가 작성한 콘텐츠를 내 입으로 전할 수도 있다. 구체적으로 어떤 활동이 원초적인 의욕을 발동하게 하는지에 대한 고민이 없었다. 실무자로 뒷전에서 기획과 운영을 맡고, 내가 만든 무대를 바라만 볼 때, 저 무대의 사회자나 패널리스트가 되고 싶은 욕구를 확인하곤 했다. 그런데도 추가적인 노력 없이 하던 거 그냥 하는, 가장 쉬운 길을 선택하는 타협을 일삼았다.

이후 대혼란의 출산과 육아의 시간을 거치며 나의 욕구에서 더욱 멀어지는 선택으로 경력은 마냥 헐거워지고야 말았다. 다른 사람에게 육아를 맡기기 싫어 육아에 충분히 시간을 투입하기로 하면서, 선택할 수 있는 일은 매우 제한적이었다. 해본 것이 도둑질이라고 '하던 것을 조금이라도 하자.'는 취지로 일관할 수밖에 없었다. 그러나 '나를 잃었다.'라는 결론을 내지는 않았다. 미련과 후회투성이이긴 해도, 분노로 씩씩거리며 뭐라도 하려고 애쓴 나에게는 고집스럽게 지켜내려는 알맹이가 분명 버티고 있었다.

육아에 온정신을 집중하다가, 이러다 '나를 잃어버리게

되는 것 아니야?' 라는 두려움이 수시로 엄습했다. 혼자만의 시간이 주어져도 어떻게 놀아야 할지, 다음의 삶을 위해 무엇을 준비해야 할지에 대한 감이 전혀 오지 않자, 나 자신을 찾기 위해 발버둥치기 시작했다. 아이가 마음 저리게 소중한 만큼 나를 채우고 움직이게 하는 요소를 발견하는 노력은 더 커져야 했다. 밖에 나가서 1시간이 채 걸리지도 않는 일 하나 할 때도 아이가 눈에 밟히는데 거의 종일을 할애해야 하는 일을 하고자 할 때는 그 일을 해야 하는 이유가 내 몸을 밖으로 밀어줄 만큼 강력해야 했다. 그래서 변하지 않는 동력을 찾기 위해 '나는 어떤 사람인가?'를 계속 파고들어 내 속의 여러 모습을 살펴보았다. 내 안의 나를 어루만져 볼수록 자신을 더 아끼게 되었고 내가 너무 아까웠다.

 지금의 나는 반짝였던, 또는 초라해 보여도 '나다운' 시간과 만나며 '새로 나기' 위한 과정을 밟아가고 있다. 제2의 인생을 지금부터 설계한다고 생각하고 창업하였다. 나의 일을 계획하는 것이 곧 남은 삶을 설계하는 것이 되려면 오래도록 변치 않는 내면의 중심이 받쳐주어야 한다. 그 중심은 바로 사회적 활동과 연결되는 나의 욕구가 아닐까 한다.
 일을 즐길 수 있으면 성과가 세속적인 기준에 못 미치거나, 많은 부침이 있을 때 버티는 힘이 되어준다. 그러므로 일의 결과 이전에 일 자체로부터 '쾌감'이 느껴지는 것이 중요하고, 쾌감은 그토록 내가 원하는 부분, 사회적으로 실현하고 싶었던 욕구가 충족될 때 느껴진다.

이처럼 욕구가 어떤 사회적 활동과 연결될 때 가장 신이 나는지 알아차리면, 앞으로의 실천을 계획할 힘을 얻게 될 것이다. 작은 실천들이 모이면 '나다움'이 점차 단단해지지 않을까?

'열정의 멀티버스 여행기'는 나의 잠재력을 증폭시키는 판타지 워크숍이다. 이 여행을 통해 나의 선택의 타당성을 확인할 수 있을 듯하다.

'낭만닥터 김사부'가 이야기했다.

"우리가 왜 사는지, 무엇 때문에 사는지에 대한 질문을 포기하지 마. 그 질문을 포기하는 순간 우리의 낭만도 끝이 나."

삶의 낭만을 위하여 계속 질문하는 여행을 떠나보려 한다.

첫 번째 여행:
〈끼 부자 유니버스〉의 ' 은형 '

은형은 자기계발 강연을 들으러 왔다. 사전 바람잡이 MC는 광란의 댄스에 대한 대가로 지급될 상품을 선보이며 청중의 참여를 부추긴다. 음악이 시작되자 흥분한 은형은 제일 먼저 뛰어 올라가, 고등학생 때 연마한 골반에 집중된 에어로빅 동작을 조화시킨 격정적인 움직임을 선보인다. 관객에게 웃음을 주는 유머까지 한 스푼 가미한 댄스로 1등 상품은 은형의 것이 된다.

은형이 유치원생일 때였다. 한 살 위 언니들이 재롱잔치에 선보일 '백조의 호수' 율동을 연습하고 있었다. 그 동작에 비해 은형팀의 병아리 율동은 유치했다. 언니들 연습 시간에 늘 주변을 얼쩡거리니 선생님께서 같이해보자며 율동 시범 대열에 은형을 끼워주셨다. 평소 동작을 눈여겨보고 암기하고 있었던 은형은 막힘없이 파도 대형을 그렸다. 얼굴이 후끈거렸던 것은 수치심이 아닌 성취감 때문이었다.

은형은 음악에 몸을 맡기는 것을 즐겼다. 비트 하나하나 쪼개어 동작을 때려 박아 넣으며 비트와 몸이 하나가 되는 느낌이 들 때 스스로 멋있다고 생각했다. 80년대 후반 가요계의 아이콘이었던 '소방차' 오빠들의 〈어젯밤 이야기〉, '도시의 아이들'의 〈달빛 창가에서〉가 TV에 나올 때마다 노래하고 춤추며 세상 다 가진 듯 즐거웠다.

고등학생이 되어서는 심지어 아줌마들 틈에 능청스럽게 끼어 에어로빅을 배웠다. 전문 에어로빅복을 챙겨입고 무아지경으로 배를 튕겼다. 기회 될 때마다 에어로빅 학원에 다니고, 댄스스포츠 붐이 일었던 2000년대 초반에는 퇴근 후 '차차차'를 밟곤 했다.

춤에 노래가 빠지면 섭섭하다. 중고등학교 때 장기자랑 시간이면 늘 한 곡조 뽑으며 친구들의 호응에 흠뻑 젖곤 했다. 고등학교 3학년 때 동네 '퀸노래방'의 단골이 될 지경으로 노래에 빠져 성적이 크게 떨어지기는 했어도 후회는 없었다. 우렁차게 노래하는 것은 가장 '나다운' 기운을 뿜어내는 것이었기 때문이다. 하나를 잃으면 하나를 얻게 되는 법인지, 대학생이 되어서도 음악에 내내 빠져 있

열정의 멀티버스 여행기

다가 결국 'MBC 대학가요제'에서 대상을 거머쥐게 되었다. 이를 계기로 1집 음반을 발표하고 활발하게 음악 활동을 이어가게 되었다. 유명 가수 콘서트에 게스트로 출연하고, 자신의 콘서트까지 열었다. 그 후 지인의 결혼식, 돌잔치 등 축하할 일이 있을 때마다 공연으로 함께하며 은형은 늘 고마움을 느꼈다. 사람들이 모여 행복한 시간을 가질 때, 그 행복감이 더욱 너울너울 물결칠 수 있게 해주는 것이 음악임을 매번 느끼며 자신도 더욱 행복해졌기 때문이다. 계속 전문 가수로 일하지는 못했지만, 직장을 다니면서도 음악으로 연결되었던 인연들과 함께 콘서트를 열기도 했다. 은형의 음악적 에너지는 직장인 밴드, 합창단 활동으로 이끌었고, 성악이나 보컬 레슨과 같이 배우고자 하는 의욕도 불러일으켰다.

현재 은형은 함께 나누는 인생을 음악으로 설계하고 실행에 옮기고 있다. 결혼식이나 장례식, 가족 행사를 구성하는 플레이리스트와 멘트를 기획하는 서비스를 제공한다. 고객들이 원하면 공연도 기획한다. 사람이 모일 때 각자의 마음이 조금씩만 더 열려도 서로에게 긍정의 메시지를 주게 된다. 그 마음을 열게 하는 열쇠가 음악이라 믿는 은형은 '사람'과 '음악'을 키워드로 오늘도 사람들의 미소가 피어나길 바라며 노력하고 있다.

첫 번째 발견: 음악이 나를 들어 올려 줄 거야

봄 햇빛의 찬란함이 가끔은 당연하지 않은 것처럼 느껴진다. 내 마음의 시큰거림과 피부에 닿는 봄 햇살의 감각 사이의 괴리감 때문일까? 멍하니 산책을 하다 봄꽃의 '움'이 눈에 들어온다. 움은 '애틋함'의 감정을 불러일으킨다. 무언가 하려고 잔뜩 의지를 품고 터뜨릴 '때'를 기다리고 있는 모습이 내 새끼 같아 마음이 아린다. 무엇이 터져 나올지 궁금해서 언제일지 모를 그 순간을 손꼽아 기다리게 된다. 어떤 날에는 그 움이 나 같고, 나와 같은 여인들 같다. 움이 터지는 기온과 습도가 있듯이, 몇 가지 조건만 맞으면 '하고자 하는 그 의지'가 터져 나올 것이다.

길어지는 나의 경력 공백기는 생애 최대 위기였으나, 한편으로는 나 자신을 더 파고들 수 있는 소중한 계기가 되었다. 이 계기는 앞으로 인생을 굴리는 데에 큰 동력이 되어줄 것이 분명하다. 나를 소진하는 부정적인 감정을 달래기 위해 '경력 단절을 겪으며 자신의 사회 진출의 방법을 고민하는 엄마들'과 많은 이야기를 나누었다. 큰 위안을 얻었으나 현실적인 한계를 주로 이야기하게 되니 '다음'의 액션을 도출하기는 쉽지 않았다. '내가 힘들고 아프다.'라고 이야기하는 것은 순간의 해소만 줄 뿐 일상의 실천에 변화를 주지는 못했다. 이내 다시 부정적인 감정으로 빠지기를 반복하는 나의 모습이 그야말로 지긋지긋했다.

　냉정하게 나에게 이야기했다. '상황과 세상에 대한 원망이 무엇을 바꾸는가?' 사람들에게 나의 불리한 처지를 이해해야 한다고 투정을 부리고, 논리적으로 또박또박 설명하기도 했다. 외부 요인을 나에게 유리한 쪽으로 변화시키려는 노력에 비해 성과는 미미하여 수시로 좌절했다. 이대로 속이 타들어 가 한 줌의 재가 되겠다 싶었다. 그러자 다시는 부정적 감정에 매몰되지 않겠다는 갈망이 솟구쳐 올랐고 타겟을 '나 자신'으로 바꾸기에 이르렀다. '하지 못하고 있는 것'이 아닌, '할 수 있는 것', 또는 '하고 싶은 것'에 집중하여 그 부정적 감정에서 벗어나는 방법을 개발하는 것에 집중하기로 하였다. 원대한 꿈이 있어서가 아니었다. '그렇게 해야 내가 살겠구나.' 싶어서였다.

　부정적인 감정이든, 주변의 상황이든 과연 나의 '무엇'을 막고 있었을까 생각했다. 그런데 딱히 그 '무엇'에 대한 고민을 제대로 해오지 않고 있었다는 것을 깨달았다. 불평만 하고 내 안의 열망을 가꾸고 있지 않았다. 경력 공백이라는 틀이 나를 구속하도록 내버려 두었다. 그때부터 나는 '하고 싶은 것', 그중에서도 '원하는 사회적 활동'에 집중했다. 사회적 활동을 일으키는 욕구에 매달리고 그로부터 이어지는 생각과 실천을 계속 떠올리려 했다.

'내가 사람들 앞에서 뭘 하고 싶지?'

'사회적 활동을 어떤 방식으로 해나갈 때 내가 멋져 보이고 쾌감이 느껴지지?'

1996년, 운 좋게도 음악을 잘하는 친구가 함께하자는 제안을 주어, 그 친구는 작곡을 나는 작사를 맡아 'MBC 대학가요제'에 출전했다. 인생에 취해 하염없이 인생길에 대해 고민하던 나는 가사가 곧 내 마음이 되도록 애썼다.

〈새로 나기〉

홀로서기에 몸부림치고 있는 요즘 점점 나는 지쳐만 가네.

과거의 모습에 집착하기만 하고 지금의 나를 혐오하고

미래의 나의 삶이 두려워.

앞이 하나도 보이지 않아. 흩뿌려진 홀씨처럼.

이끌리는 대로 떠돌고 있어.

새로 나기 위한 나의 둥지는 어디일까.

언제쯤이면 나를 믿을 수 있을까. 이 혼돈이 멈춰질 수는 없나.

결국 나는 혼자이고 중요한 것은 나를 믿는 것.

열정의 멀티버스 여행기

나를 최대한 투영한 이 곡을 부르며 나의 모든 재능과 에너지를 사용한다고 느꼈다. 대학가요제 출전 후 이듬해 교문 앞에서 여학생 록 밴드 공연을 했을 때도 온전한 내가 세상과 만나는 기분이었다. 메시지를 음악에 담아 세상과 만나고 싶은 나의 정체는 지금까지도 내 안에 있음을 확인한다. 늘 꿈꿨고 포기하지 않았던, 보길 원했던 내 모습이다.

이렇게 발견된 '욕구'에 의해 가능할 '사회적 연결'을 고민했을 때, '우리'의 삶의 이야기를 담은 노래가 세상에 퍼져나가는 그림을 그렸다. 비슷한 처지인 사람들끼리 모여 형성되는 공감대를 통해 위안을 얻어가는 것도 필요한 과정이지만, 우리가 사회적 진출을 위해 가족이나 주변 사람을 설득해야 할 때 어떤 언어를 취하면 좋을까 고민하던 중 선택한 방법의 하나가 노래였다. 나에 대한 '관찰', 나의 '감정', '기대와 희망', '실천', '삶의 이유'가 담긴 노래를 우리 '함께' 만들어 세상에 선보이면 좋겠다고 생각했다. 현재 함께 즐기며 만들어갈 IT 플랫폼을 구상하며, 노래 샘플을 만들어보고 있다.

경계를 알 수 없는 나의 마음은

어두운 바다의 무서운 힘에 휩쓸려 길을 잃고,

어느 날 눈을 뜨니 저 깊은 아래에 가라앉아 있었지.

(중략)

나는 날아올라 내 마음이 나의 길이 되는 시간을 만났어.

그 시간을 온전히 즈려 밟으며 천천히 나아가며

_가사 일부

　음악을 접목해 만들어갈 일을 상상하며 가슴이 두근거
린다. 일을 만들어갈 때 소통의 촉매제로 음악을 사용하
여 즐거운 판을 만들 수 있을 터이다. 삶이 워낙 진지한 것
이긴 하지만 나는 유독 그 진지함에 무게를 더하는 사람
이다. 그렇기에 음악이 그 진지함을 조금은 들어 올려 가
볍게 만들어 줄 것 같다. 이번에는 혼자가 아닌 우리가 함
께 부를 노래를 만들며 다시 나의 삶을 노래하는 방법을
찾아가고 있다.

　　　　　　　　　　　열정의 멀티버스 여행기

두 번째 여행:
〈다정多情 유니버스〉의 '은제'

"아이고 은제야~ 니가 뭐 성인군자냐?!"

엄마가 은제에게 종종 하시던 말씀이다. 착실히 학교생활을 하다 하필 고등학교 3학년 2학기에, 입시 준비에 한창이어야 할 시기에 인간관계에 대한 고민에 첨벙 빠졌다. 학원에서 만난 친구들과 부쩍 가까워지면서 관계에서 생겨나는 문제들이었다. 인간관계에서 느끼는 희로애락의 소용돌이를 이때 처음으로 강하게 느꼈다. 고민이 치솟을 때마다 은제는 엄마에게 대화를 요청했고 엄마는 딸에 대한 걱정의 감정 하나 티 내지 않고 성의있게 들어주었다. 인간관계 1단원을 막 시작한 은제는 도덕적인 측면에 강하게 치우쳐 인간관계를 고민했고 자신이 충분히 도덕적이지 못했다는 생각, 또는 친구들에게 더 잘해주었어야 했다는 생각에 치우치니 엄마가 "넌 성인군자가 아니야."라고 이야기할 수밖에 없는 지경이었던 것이다.

　모든 친구에게 잘해주어야 만족하고, 특히 친구들로부터 욕먹지 않고 좋은 평가 듣기를 좋아하여 한 사람 한 사람에게 성의를 다했다. 심지어 해마다 백 장이 훌쩍 넘는 크리스마스카드를 손수 만들어, 그것도 개인 맞춤형 메시지를 담아 준비했다. 이 열정은 단순히 친구에게 잘 보이고 싶은 마음 그 이상이었다. 성의를 다함으로써 한 인간으로 완성되어가는 것 같은 느낌에 한껏 고취되었던 것일까?

　은제는 사회생활을 하면서도 진실과 성실을 눌러 담은 책임감에 크게 기댔다. 사실 책임감이라는 껍질 그 아래를 살펴면 소심과 다치기 싫어하는 본성이 있었다. 자신이 잘못해서 지적을 받거나 누군가에게 해를 끼쳐 책망을 들어 받게 될 상처를 예방하고 싶은 마음이 강했다. 선의가 선의로 받아들여지고 복잡한 이해관계가 없었던 십 대의 시절과는 달리, 사회에서는 '베푼 선의를 무색하게 만드는' 사람들로부터 상처를 받은 것이 여러 번이었다. 하지만 다양한 상황에 맞는 적절한 방식을 고안해내는 것은 몹시 복잡한 일이고, 그래서 은제에게는 귀찮은 일이었다. 그래서 가장 편한 자신의 방식으로, 좋게 말하면 우직하게 살 수밖에 없었다. 때로는 요령을 부리기도 하고 세상만사 이용해먹어도 좋을 것을, '일의 완성도', '정의', '공정' 등에 골몰하여 살다 보니 상사나 조직에 대한 비판 의식이 강해질 수밖에 없었다. 뭘 믿고 그렇게 당당했는지, 주제넘게도 조직의 개선을 위한 제안을 자주 일삼았고, 개선의 노력이 좀처럼 보이지 않을 때 크게 실망하였다. 일정 기간 참아보다 결국 염증을 느끼고 퉤 뱉고 이직하기 일쑤였다. 지금이야 '프로이직러'라는 말이 쉽게 이야기될 정도로 1년 이하, 3년 이하의 근속연수가 반드시 흠이 아니지만, 2000년대 중후반에는 이력서를 들이밀기 부끄러웠다. "왜 이렇게 짧게 있었어요?" 면접에 갈 때 이 질문에 대한 답변을 늘 철저히 준비했다.

  그 와중에도 뭐 하나는 얻어지는 것이 있다고, 은제는 '명분'을 잘 세우는 훈련이 되었다. 직장을 '왜' 옮겼는지, 자기 일은 '어떤 의미'가 있는지, 세상 사람 다 좋다고 또는 싫다고 해도 '자신에게' 어떤 특별한 의미가 있는지에 관해 설명할 수 있도록 정리해놓았다.
  한편 은제에게 일을 지속할 수 있는 명분은 늘 사람과 관련이 있었다. 이를테면, 서비스에 고객이 만족하도록 완성도가 있을 것, 나의 기획을 통해 참가자가 즐거운 시간을 갖고 좋은 변화를 조금이라도 가져갈 것, 같이 일하는 동료와의 조화가 잘 이루어지는 것 등이다. 사람에게 온전히 성의를 다하는 만큼 실망이 크기도 했지만, 그 성의의 일부만큼이라도 좋은 교류로 이어지면 은제는 실망을 이내 잊었다.

은제는 엄마가 자신에게 해주었던 것처럼 누군가의 이야기를 귀 기울여 듣는 것을 사람 관계의 제1원칙으로 삼았다. 그 사람이 말하는 의미를 최대한 이해하여야 그 사람에게 조금이라도 도움을 주는 한마디를 건넬 수 있기 때문이었다. 그래서 은제는 경력 공백이라는 삶의 위기가 주는 과제가 한편으로는 반가웠다. 자신의 문제가 곧 그들의 문제이기에 더욱 강력한 공감대 위에서 해결의 과정을 만들어갈 수 있으니 말이다. 그들을 돕는 것이 곧 나 자신을 돕는 일이기도 하고 말이다.

은제는 사람과 만나 대화하면서 영감을 얻는다. 책을 아무리 읽어도 떠오르지 않던 아이디어가 사람을 만나면 떠오른다. 그 사람이 가진 재능과 에너지는 다른 누군가의 그것과 만나 구체적인 계획이 될 것이라 상상하는 것이 은제의 영감의 원천이다.

열정의 멀티버스 여행기

두 번째 발견: 대화로 내가 살 세상을 짓는 거야

사실 나는 지쳐있다. 20대에서 30대 초반 즈음에는 '재미있어 보여.', '해서 나쁠 거 없는데 그냥 한번?' 또는 심지어 '그냥 해보자.'까지도 실천의 이유가 되었다. 그러나 이제는 하나의 실천이 가능해지려면 동기가 확실해야 한다. 기력이 달리기에 최대한 효율적인 방법을 고민하는 데에 에너지를 써버리기도 하는 아이러니도 발생한다.

경력 단절 기간이 길어질수록 이전 경력을 다시 이어야 할 필요를 못 느낄 지경으로 경력에 난 상처에 무뎌졌다. 이것은 과거의 경력이 더는 미래를 계획하는 데에 쓰일 동력이 되기 어려워졌다는 의미이다. 창업을 결심하고 원점에서 하나씩 세워 올리면서, '나라는 사람은 어떤 일을 하면 좋을까?' '왜 이 일을 하려고 하는 것일까?'와 같은 질문을 자신에게 계속 던졌다. 그 질문에 답하고 그에 따른 작은 실천을 하면서 그다음, 또 그다음의 단계로 어렵사리 진행해오고 있다.

시린 고독감이 걸핏하면 찾아오는 이 과정을 거치며 새삼 느끼는 것은 나는 '사람들 가운데의 사람'이라는 것이다. 좋은 사람들 틈에 나를 처하게 하니 각성과 실천의 계기가 생기기도 하고, 독서 모임, 커뮤니티 서비스, 교육 과정에 참여하며 비슷한 관심사의 사람들과 대화하며 사업 내용을 보다 구체화할 수 있다. 내가 계획 중인 서비스와 유사한 것을 이미 하는 사람들을 만날 때는 살짝 좌절감을 느끼기도 하지만, '은영 표'의 그것은 아직 시작되지 않았다고 생각하며 나를 다독인다. 그리고 내가 발산하는 콘텐츠에 대한 공감을 얻으며 나의 길이 틀리지 않았음을 확인하고 계속할 힘을 얻는다.

지금 나에게 가장 절실한 것은, 아침에 눈을 뜬 즉시 실행할 과제이다. 인터넷상의 무한한 자료들, 영감 어린 책들, 촌철살인의 지식인 강좌 등 참고 콘텐츠가 날 찔러대지만, 어차피 그것들은 내가 나에게 스스로 쳐놓은 필터를 통과한다. 건강하고 유용한 필터는 나의 기획력으로 대화의 장을 만들고, 그 만남 가운데에 있는 내가 '무엇을' 하고 싶은지, '왜' 하려고 하는지 분명히 결정할 때 만들어지리라 생각한다. 그 필터에 의해 내가 실행할 의미 있는 과제가 추려지지 않을까?

〈다정 유니버스〉의 '은제'는 사람들과 얼기설기 엮여 다양한 화학작용을 경험하는 것에서 가장 큰 의미를 찾는다. 나도 분명 사람들로부터 격려와 희망을 얻음에도 자신감이 떨어지거나 상대에게 실망할 때 더는 다치기 싫어서 쉽게 관계의 끈을 놓기도 한다. 그러나 시간이 얼마간 지나면 다시 생각한다. '해답은 사람에게 있다.' 그들의 열망과 내 열망이, 그들의 필요와 나의 뻗은 손이 만날 때 나만의 실천 동기가 불러일으켜 진다. 함께 대화하고 즐기는 가운데 우리의 세상을 만들어나가는 그림을 그린다.

세 번째 여행:
〈터진 입 유니버스〉의 '은자'

'나는 생각한다, 고로 존재한다.' – 데카르트

데카르트 철학의 제1 명제가 가진 권위 때문에 별다른 생각 없이 받아들이고 살았다. 그러나 인생살이가 조금씩 복잡해지며 겪게 되는 내면의 작용을 자세히 짚어보고 글로 써내다 보니 '생각'이라는 것이 포함하는 작용들이 과연 무엇인지 궁금해졌다. 데카르트의 '나는 생각한다'는 '생각하고 있는 나를 자각한다'라는 의미를 포함하고 있는 게 아닐까?

어떤 질문에 대해서든 거침없이 훌륭한 답변을 쏟아내는 ChatGPT의 언어는 생각이 아닌 데이터 처리의 결과치이다. 은자는 ChatGPT는 스스로 '생각하는 존재'로 인

식하지 않으리라고 생각하고 ChatGPT에 확인해보았다:

▶ 은자의 질문: 너는 생각하는 존재니?

▶ ChatGPT의 답: 저는 인공지능으로 구현된 언어 모델이기 때문에, 생각이라는 개념 자체가 제한적입니다. 하지만 인간이 사용하는 언어를 이해하고 응답을 생성하는 과정에서 일종의 '학습'을 통해 논리적인 판단과 추론을 수행할 수 있습니다. 그러나 이러한 작업은 인간의 생각과는 다르며, 인공지능이 수행하는 작업은 프로그래밍과 학습된 규칙을 따르는 것에 불과합니다. 따라서 저는 생각하는 존재가 아니라, 단지 프로그래밍된 규칙을 기반으로 작동하는 도구일 뿐입니다.

'그렇다. ChatGPT는 과거의 데이터에 기반을 둔 처리 결과물을 내어놓을 뿐이지만 내가 하는 '생각'이란 지금, 이 순간에도 나에게 자극의 형태로 들어오는 각종 정보와 실시간 상호작용을 하는 것이 아닌가?'

'이 상호작용은 아주 '나다운' 시스템을 한 바퀴 돌며 각종 화학작용을 불러일으키면서 어떠한 결괏값과도 같지 않은 결과물을 지속해서 내어놓는 것이 아닌가?'

'생각이란 사회에 존재하는 외부자극을 재료로 작동하는 것이고, 결국 '존재'라는 것은 '사회적 존재로서 활동한다'는 맥락에서 훨씬 강력하고 구체적으로 다가온다.'

점점 '생각'이라는 인간 고유의 작동이 은자에게 너무

매력적으로 느껴진다.

앞으로는 여자도 '기술'을 배워야 생존한다고 하는 엄마의 세뇌의 결과로 의심의 여지 없이 공대로 진학했다. 그러나 공부를 외면하고 딴짓을 많이 하던 중 관심을 두게 된 것이 사회학 관련 활동이었다. 사회학과 주최의 문화 프로그램 기획에 참여하고, 사회학과 과목을 수시로 들으며, 거기서 뽑아낸 주제로 대거리 모임을 하곤 했다. 인간 사회의 작동 원리에 관해 나름의 언어로 정리하며, 사회에서 어떤 역할을 하는 것이 좋을까 고민했다. 졸업 후 진로는 결국 학과 공부보다 더 일삼았던 딴짓을 통해 결정되었다. '여성' 또는 '환경'을 주제로 활동하는 비영리 단체에서 일하며 여성이 주체로 만들어가는 문화에 관심을 두게 되었다.

그러다 은자가 출산과 육아를 지나며 사회의 틀 속에서 이리저리 부대끼는 경험을 통해 '생존'의 차원에서 자신이 종속된 사회적 변수에 대해 '부르르' 고민하기 시작했다. 남편에게 몹시 화를 내며 수년간을 살아가던 어느 날 은자는, '남편이 무슨 죄인가. 이 사회가 나에게 씌운 프레임에 대한 답답함과 그 때문에 생긴 억울함을 남편에게 다 풀고 있구나.'라고 생각했다. 부정적인 감정이 눈앞을 가리고 냉정한 사고를 막고 있었다. 일단 '안되는 것'은

열정의 멀티버스 여행기

놔두고 '되는 것'에 집중하자 했다. 물론 이 모든 생각이 일순간에 이루어지지 않았다. 생각하면 기막힌 10년 가까운 세월 동안 사회 속의 변수들이 자신에게 어떻게 작용하는지 생각하고 또 생각했다. 제대로 실천하지 못함에 좌절하고 포효했으나 감정에 잡아먹히지 않으려는 방법을 찾으려 치열하게 노력했다. 팟캐스트에 대고 독박 육아가 공정 육아가 되기 위해 무엇을 해야 하는지 이야기했고, 뉴스레터를 써가며 삶과 닿은 이슈를 공부하고 정리해보기도 했다. 그러다 경제활동을 제대로 하지 못하는 처지에 비관하여 대충 능력에 맞는 직장에 취직해서 짧게 일하기도 하고 작은 프로젝트를 이따금 맡기도 하는 등 불안정한 선택과 회의감으로 점철된 시간을 보냈다. 아무것도 안 하진 않았으나 아무것도 안 한 것 같은 기분이었다.

　모든 것을 깔끔하게 접고 오롯이 자신의 사업을 하겠다는 작정을 하고 경제적 활동에 대한 부담을 싹 털고 '나다움'에 집중하여 사업을 만들어내기 위해 노력했다. 자신의 욕구와 재능을 십분 살려 은자만의 콘텐츠를 만들고, 그 콘텐츠를 전달하는 '콘텐츠 엔터테이너'로 살겠다는 결심을 하였다. 은자가 추구하는 사회적 가치인 '엄마의 능동적인 삶'을 사회에 어떻게 제안하여 공감을 얻을지 고민하였다. '엄마의 능동적인 삶'에 대해 정의하고, 그것으로 향하는 단계적인 방법을 구상했다. '엄마의 능동적인 삶'을 채울 콘텐츠를 구성하는 키워드를 하나씩 뽑아 글로 영상으로 계속 쌓아 올렸다.

은자는 '엄마 사회학'이라는 독자적인 영역을 개척해 강연자로 활약하고 있다. 하소연하는 엄마, 경력 단절이라는 문제 해결의 대상으로서의 엄마라는 인식을 탈피하는 새로운 사고방식을 제안한다. 주어진 상황에서 불확실성을 줄여나가는 노력, 그리고 즐거운 일감을 찾는 다양한 시도를 하는 엄마들에 관한 이야기를 펼쳐내고 있다.

세 번째 발견: '엄마 사회학'을 향해 가 보자

나는 무슨 영화榮華를 보겠다고 이토록 자아실현에 골몰하는가. 영화를 보긴 봐야겠는데 내 욕심껏 보지 않고 소중한 것들과 조화로운 가운데 지속 가능하게 갔으면 하는 바람이 있다. '조화'를 모든 순간에 모든 요소가 균등하게 작동하는 상태라고 정의한다면 비현실적인 것 같다. 예를 들어, 어떨 때는 내 아이에게 온전하게 집중하고 싶거나 집중해야 할 필요가 있다. 그런 때에는 나의 일을 잠시 뒤로 밀어 둔다. 또는 그 반대의 상황이 되는 때도 있다. 중요한 삶의 요소 어느 하나 완전히 놓아버리는 일 없이 지켜가는 것이 '조화'이지 않을까? 놓치는 것에 방점을 찍지 않고 지켜나가려 노력하고 있는 나를 다독여

열정의 멀티버스 여행기

가면서 말이다.

나의 육아는 책임감에 치중되어 있었다. 아이에게 최대한 집중하여 '안 좋은 일이 일어나지 않도록' 애쓰는 방식이었다. 늘 부족한 것 같았고, 불안감이 늘 함께했다. 조금은 여유를 가지고 아이와 편안한 교류를 했으면 딸이나 나나 훨씬 행복감을 느끼시 않았을까. 아이가 소중한만큼 책임감으로 나를 칭칭 동여맸기에 내가 꿈꾸는 영화를 이룰 방법은 쉽게 정해지지 않았다. 나의 사회적 활동을 증가시키면 그간 유지했던 생활 방식에 균열을 내는 것이고, 그 변화는 가족에게 불편을 주고 적응의 노력을 요구하게 하는 것이기 때문이다. 그 모든 불편에도 해야 하는 강력한 명분이 나 자신을 설득하지 못하면 실행할 수 없었다.

대단하지는 않지만, 일정 정도의 정의감에 기대어 비영리 분야에서 10년 가까이 일했다. 그래서 나의 일을 정하는 데 있어 사회적 가치와의 관계 설정이 큰 비중을 차지해서 더 골치 아팠다. 또한, 나의 욕구에 매달리기로 한 이상 나의 본능에 충실한 흥겨움까지도 계속 염두에 두어야 했다. 그래야 힘든 상황을 뚫고 비로소 시작한 일이 쉽게 무너지지 않을 터였다.

'답답했던 내 마음처럼 아픈 마음들이 저기에도 있네.'
그냥 지나쳐지지 않았다. 경력 공백이라는 긴 터널을 통
과하는 여성의 '고립감'에 주목하게 되었다. 나를 비롯한
아까운 여인들이 이 고립감 때문에 '내일(tomorrow 또는
my work)'을 위한 작은 실천 하나조차 어렵게 여긴다. 고
립감은 혼자 극복할 수가 없다. 사회가 우리에게 씌운 굴
레에 부지불식간에 갇히게 된 결과로서의 고립감이다. 그
렇기에 그 원인을 함께 하나씩 짚어보고 설명해보는 과정
에서 자신이 스스로 극복할 일, 함께 서로 도우며 해볼 일,
사회제도의 변화를 위해 노력할 일을 객관적으로 분류할
수 있게 된다. 더는 내 '의지' 탓만 할 일이 아니다.

저마다 자신의 이야기를 원하는 방식으로 표현하고, 원
하는 바를 발견하고, 재능과 능력을 사회적으로 구현해
나갈 수 있는 실천을 만드는 과정을 만들어내고 싶다. 대
화의 주제를 제안하고, 프로젝트가 시작되게 돕고, 즐겁
게 놀 수 있는 판을 만들고 싶다. 이 모든 활동을 콘텐츠로
기획하여 사회로 보내는 우리의 메시지로 만들고 싶다.

기존의 일 시장에서 내 자리를 얻어내는 접근도 의미
있지만, 각자의 관점에서 정당성을 획득한 다양한 일들
이 풍성하게 만들어지는 것 또한 하나의 흐름이 될 수 있
지 않을까?

열정의 멀티버스 여행기

네 번째 여행:
〈귀차니즘 유니버스〉의 ' 은매 '

은매는 모 창업 지원 사업에 신청했다. 어느 날 자신의 사업을 5분 안에 이해시키기 위해 심사위원 앞에 섰다. 5분이란 시간만이 주어진다는 사실에 기가 막혔지만, 세상이 그렇게 돌아간다는데 어떡하겠는가. 타이머가 작동되었다.

"여기 한 여성이 있습니다. 얼굴에는 온통 좌절과 어둠입니다. 자신이 지금 무엇을 하고 있는지, 무엇을 하고 싶은지, 어디로 향해 나아가야 하는지 도통 감을 잡지 못합니다. 도움이 필요합니다.

공공 서비스는 특정 그룹 대상으로 일률적인 지원을 실행합니다. 이는 최소한의 재정적 도움은 주지만, 수

혜자 스스로 엔진을 가동할 수 있는 자생력을 주고 있나요?

저는 '자신이 어떤 도움이 있어야 하는지 알고 실천하는 힘'을 되찾는 방법을 제안합니다. 분명히 있으나 모르고 있는 그 힘을 찾아내고 살려낼 수 있습니다. 그것을 '사회적 실현 욕구'를 재발견하는 것으로 이뤄내려고 합니다.

초중고 교육 과정을 거치며 우리는 일종의 정해진 트랙을 밟아 왔습니다. 대학을 가고 대학원을 가거나 직장에 들어갔습니다. 단계별로 성장하며 이전 단계를 토대로 다음 스텝을 결정했습니다. 그러나 경력 공백 여성들은, 기존 보유 경력 그대로 온전히 잇기 힘듭니다. 중간에 생긴 경력의 틈 때문에 다음 단계의 설계를 위한 '토대'가 소실되어 버렸습니다. 기존의 경력을 이을 때, 후배들이 이미 치고 올라가 있는 판에 자신에게 주어진 포지션에 대한 수치심에서 자유로울 수 있을까요? 그럼 새로운 영역에 진출하기 위해 자격증을 따야 할까요? 일단 돈을 벌지 싶어서 적성과 가치관을 차치하고 일을 선택할 때 그 일이 과연 지속 가능할까요?

어렵사리 타협적인 선택으로 이런저런 일을 하다가도 일에 대한 강력한 명분이 없이는 가족의 돌봄과 관리의 차원에서 치고 들어오는 요구 때문에 좌절을 느끼는 순간이 수시로 찾아옵니다. 그래서 다른 관점이 필요하고, 진정 '나다운' 의미 부여가 강력하게 자리 잡아야 합니다. 나의 가치 체계를, 나의 세계를 다시 세워 올려야 합니다.

내 가족에게, 내 지인에게 당당하게 말할 수 있는 명분, 그에 따른 계획과 실천이 똑바로 서야, 나 자신에게 더욱 많은 시간을 투입할 자신감이 생기고 그러한 시간이 축적되어 나의 일이 지속되고 성장하는 것입니다.

그래서 제가 제안하는 아이템은 다음과 같습니다.

첫째, '욕구 찾기 워크숍'입니다. 사회적 연결을 염두에 둔 욕구를 과거의 경험을 토대로 찾아내고 마음껏 표현합니다. 저마다 자유로울 수 있는 방식으로 말이지요. 음악, 미술, 무용, 글 등 선택하기 나름입니다.

두 번째, '엄마 사회학으로 가는 대화모임'입니다. 자신이 갇혀 있는 프레임에서 작동하는 요인을 하나하나 설명해보는 시간입니다. 자신의 상황을 객관적으로 살펴야 부정적인 감정으로 인한 고립감에서 해방될 수 있고, '할 수 있는 것'을 발견하려고 노력하게 됩니다.

또한, 나에게 필요한 자원이 무엇인지 규명하고 그것이

중요한 이유를 명확히 정리해봅니다. 이것은 나 자신에게 확신을 줍니다. 또, 내가 확보해야 하는 자원을 주변인에게 이해시키는 근거가 됩니다.

　세 번째는 이 모든 '과정과 성과물을 콘텐츠화' 해서 다양한 매체로 확산하는 것입니다. 노래, 글, 영상의 형태로 퍼지면, 하나의 문화운동으로 사회에 자리 잡을 수 있지 않을까요? "

여기까지 열심히 설파하고 있는데 5분이 지났다. 에누리없이 발표는 중단된다. 이어지는 심사위원의 질문은 자신의 사업계획서를 제대로 보지도 않았다는 것을 알 수 있게 한다.

"이런 서비스는 이미 여럿 있지 않나요? "
"저, 이런 말씀 죄송하지만, 제 계획서를 보지 않으시고 질문하신 것 같습니다. 대상이 유사하고 해결대상의 문제가 비슷한 것은 맞지만, 구현하는 구체적인 방법들은 분명 차별화되어 있는데요."

　사업계획서를 여러 차례 써내고 탈락하기를 반복했다. 심사위원들에게 주어지는 계획서 개수에 비해 검토할 시간이 턱없이 부족하니 그들로서도 눈에 띄는 부분을 보고 판단할 수밖에 없다. 사업의 본질에서 벗어나더라도 사업성을 시각적으로 부각할 필요가 있음을 알지만, 평가 시스템 자체에 회의를 느끼는 은매는 '해도 되겠어?' 라는 심정으로 늘 대충 써낸 것도 사실이다. 자신의 사업을 이 평가 시스템에 설득할 자신이 없자 결국 자기 합리화에 도달한다. '나의 숭고한 가치 추구를 너희가 어찌 알겠니? 그냥 너희 돈 안 받고 하련다. 내 사업은 아무래도 이 시스템에 맞지 않는 거 같아.'

은매는 절실함이 부족하다. 돈에 대한 절실함이 일단 없고 명예욕이 좀 있는 것 같으면서도 그까짓 거 없어도 된다고 생각한다. 자신의 욕구에 충실해지고 싶고, 사업화하고 싶으면서도 돈에 대한 절실함은 없다니 모순이다. 은매는 사업화 과정이 포함하는 갖가지 귀찮은 것들 때문에 현 상태에서 획기적으로 벗어나지 못하고 있다.

네 번째 발견: 은형, 은제, 은자, 은매와 어깨동무 내 동무

한쪽으로 분명하게 뻗어나가지 못한 나의 유니버스는 다른 유니버스를 만들고 남은 자투리들의 모음인가 생각했다. 헝클어진 이 마음 다잡지 못하고 미련이라는 감정을 자주 느꼈기 때문이다. 그러나 멀티버스를 여행하며 다른 '나'를 보듬어 보았더니 나의 꿈틀거림을 이루는 요소들이 하나하나 느껴지고 어쩌면 내가 컨트롤 타워로 다른 아이들과 팀워크를 이루어 살아갈 수 있을 것 같은 기분이 든다. 약점이 득세하려 할 때 활기를 더할 수 있는 정체성을 더욱 가동하고, 두 개 이상의 정체성이 연합하도록 해서 새로운 일을 꾸며내기도 하고 말이다. 내가 꺼내어 쓸 수 있는 여럿의 나를 분명하게 정리해놓는 것이 이래서 중요한 듯하다.

{I was}

여성의 경력 공백의 주요 요인은 경력 단절 관련 통계에서 보여주는 단순한 지표들의 합으로 설명될 수 없다. 사람마다 다른, 그리고 긴 시간에 걸쳐 일어난 일들을 어떻게 '출산', '육아', '가족 돌봄' 등의 단어로 대변할 수 있을까.

아이가 돌이 될 때까지 내 손으로 야무지게 키운다는 선택은 능동적이었다. 아이가 돌이 되어갈 무렵 뇌출혈로 쓰러지신 친정어머니 역시 능동적인 나의 선택으로 최선을 다해 돌보았다. 그러나 어머니의 병환은 장기화되고 아이에 대한 돌봄의 필요 역시 끊임이 없는 상황에서 나는 크게 지쳐갔던 것 같다. 나의 높은 사회적 활동 욕구는 상황적으로 계속 억압되고 있었다. 돌봄이 원인이라 하기엔 돌봄의 대상에 대한 죄책감이 나를 괴롭혔고, 나의 의지 부족이라 하기에는 상황이 잔인했다. 아무 일이나 해서 단지 경제적 수익을 얻고자 했던 것이 아니었기에 나에게 적절한 사회적 활동을 알아내기 위한 공부의 시간이 절대적으로 필요했으나 상황의 잔인함 또는 나의 의지박약으로 진도가 잘 나가지 않았다. 결국, 대충 내 역량과 맞는 직장에 취직하고 종결하는 것을 반복했고, 어쩔 수 없는 것들도 있다는 자기 합리화로 더 좋은 선택을 위한 노력을 포기하고 있는 것만 같은 더러운 기분이 늘 드리워져 있었다.

경력 공백의 시간, 그 '공백'의 포인트에 온 정신이 팔려 나를 주저앉히는 요인만이 사방팔방을 휘감고 있는 양, 상대의 위로나 격려가 감히 접근조차 할 수 없는 기세로 분노하곤 했고 그때마다 자괴감에 잠식당하기까지 했다.

분명 내가 한 선택들이었으나 결국에는 불가피한 선택들이었다는 결론에 도달했다. 나의 사회적 활약을 기대할 수 있는 선택을 좀처럼 하지 못하고 자신이 점점 초라하게 느껴지고 있었기 때문이었다. 아무리 의지를 발동하여도 극복이 어려웠고 부정적 감정만 일었다. "그 이상의 의지를 발동하라." 라고 누군가 말한다면 이렇게 답하고 싶었다. "왜 나는 그런 초인적인 의지를 발동해야 하는 거죠? 모든 것은 개인이 해결해야 하는 문제라는 것인가요?" 결국 '자책'은 중지하고 나에게 '보상'을 해주어야겠다고 과감하게 결정했다. 그 보상은 돈 벌 궁리를 하지 않는 시간, 나답게 사는 방법을 기획하는 시간을 갖는 것으로 했다. 과거의 커리어에 대한 미련을 버리고 내가 가장 빛나는 방법을 새롭게 준비하고자 했다. 경제적 수익을 제대로 거두지 못한다고 기죽지 않고, 주어진 시간에 삶의 기획이라는 목적성을 부여해서 당당하게 살아야 겠다고 결심했다.

지금은 브랜드를 개발하여 나만의 콘텐츠를 기획하고 있다. 커리어 내내 조직의 니즈에 맞추느라 그토록 원했던 '여성' 대상의 기획을 제대로 해보지 못하다가, 출산과 육아를 몸소 체험하며, '내 삶을 어떻게 기획해내어야 하느냐?!'는 절박함으로 본격 기획을 시작하게 되었다.

{I am doing}

은매의 유니버스를 통해 사업에서 풀어갈 과제들을 설명했다. 그 모든 것의 목적은 한 마디로 사회적 연결을 위한 정체성을 다시 세우는 것, 그리고 그 과정이 담는 모든 내용을 '여성의 삶 포지티브 컬쳐 콘텐츠'로 만드는 것이다. 누구나 "나 여기 살아있어. 나 이것 하고 싶어. 이걸 하

　　　　　　　　열정의 멀티버스 여행기

고 있어!!"라고 말하고 싶지 않을까. 있으나 잊었을 수도, 억압되어 있을 수도 있다. 누군가로부터의 인정, 그 이전에 나 자신을 느끼고 싶어서이기 때문이다. 내가 무엇을 원하는지, 이 세상에서 어떻게 진동하고 싶은지 알고 싶은 것이다. 우리 여성의 메시지로 노래와 글을 짓고, 우리가 할 수 있는 이야기를 발굴하기 위해 대화모임을 가지는 모습을 상상한다. 욕구를 발견하고 세상에 그것을 펼치는 방법을 함께 고민하면 하루하루를 살아갈 실천을 계획할 수 있을 것이다.

이 비장한 과정을 가능한 재미있는 방식으로 해나가고 싶다. 문화적 코드를 사랑하고, 시답잖게 웃어 재끼는 것을 좋아하는 나는, 나의 작업에 동참할 사람들이 진지한 내용을 접해도 자신만의 바이브로 소화할 수 있는 에너지를 원초적 즐거움을 통해 확보해 나가기를 바란다. 나의 글을 읽는 분들과 만나, 생각을 나누고 서로 삶의 실마리를 주고받고 싶다. 각자 저 깊은 내면에는 깨워주기를 기다려주고 있는 단단하고 꽉 찬 '자신'이 반드시 있기에 어떤 것을 계기로 해서든 그것이 깨어나는 순간, 삶은 분명히 달라지리라 믿는다.

이제는 근거있는 자신감으로

김묘진, 박정은, 서수경, 윤연중, 정은경, 최은영.

2023년 3월 16일, 여섯 명이 처음 만난 날이다. '엄마, 작가가 되다' 라는 기획 아래, 지난 기수 멤버들이 활력 있게 프로젝트를 완수하고, 이후 따로 또는 함께, 성장을 위한 활동을 지속하는 모습을 보아왔다. 그에 비해 한 공간에 있다는 공통점 외에는 서로 아무것도 모르는 우리는 쉽사리 앞으로의 일을 상상할 수 없었다. 그런데 그로부터 2개월 반가량이 지난 지금, 낯설지만 즐거운, 어색하지만 새로운 경험을 이렇게 짧은 시간 내에 해냈다는 기쁨과 앞으로 할 일에 대한 기대감을 느끼고 있다.

우리에게 글을 쓴다는 것은 제대로 가보지 않았던 '나에게로 가는 길' 을 더듬어 찾아가는 것이었다. 이쪽저쪽으로 들어서 보았다가 다시 되돌아 나오기를 여러 번 한 후에, 조금 구불거려도 소담하고 정갈한 길을 하나씩 내고 있다. 그 과정에서 서로 조건 없는 칭찬과 격려로 만들어 주었던 근거 없는 자신감이 지금은 근거 있는 자신감으로 변화하였다. 자신을 만나 무엇을 하고 싶고, 또 할 수 있는지를 확인하고, 일상을 채울 실천을 계획할 수 있게 되었다. 더군다나 책의 형태로 세상에 공표한 지금 내뱉은 말에 책임을 지기 위해서라도 자신을 가만둘 수 없게 되었다. 또한, 자신과 서로에 대한 믿음으로 우리는 벌써 다음 계획을 세우며 신이 나 있다.

  누구나 '잘' 살고 싶어한다. 우리에게 '잘' 사는 것이란 그동안 잃어버렸던 자신에 대한 집중력을 회복하고, 요즘 많이 하는 말로 '나 다운', 자신감 있는 삶의 방식을 가지는 것이다. 점차 많은 사람이 개성대로, 자신만의 기준대로 스웨그 있게 살아간다. 더이상 나와 거리가 있는 '대상'을 부러워하거나 쫓아가려는 것에서 의미를 느끼지 않는다. 이렇게 다양한 시도들이 터져 나올 수 있는 세상이 되어서 참 반가운 일이다. 일률적으로 정해진 '잘' 사는 기준이 더는 없고, 저마다 사는 여러 모양새가 대체로 존중받는 듯하기 때문이다. 각자 잘 살기 위한 기발한 노력이 SNS에서 끊임없이 제공되고 있어, 정신이 없긴 해도 참고할 아이디어가 흘러넘친다.

그래서 우리는 용기를 낼 수 있었다. '우리도' 글을 쓰고 책을 써서 자신의 콘텐츠를 바깥으로 내놓아 보기로 했다. 다른 누구와 비교하지 않고, 자신의 어제보다 나은 오늘을 위한 변화에 초점을 맞추기로 했다. 누가 해주지 않아도 독립출판으로 책을 출간하고, SNS로 마케팅하면서 이 세상에서 한번 놀아보기로 했다.

'엄마, 작가가 되다'를 만난 덕분에 구체적인 사례를 간접 경험해볼 수 있었고, 우리 역시 해볼 수 있겠다는 생각에 이르렀다. 우리의 삶을 이야기로 풀어낼 수 있는 마중물을 따뜻한 지지의 마음으로 아낌없이 부어준 '엄마, 작가가 되다' 장효선 대표에게도 깊은 감사를 드린다.

무엇보다 긴가민가하면서도 어느새 '엄마, 작가가 되다'의 만남의 장소로 발을 옮겼던 우리는 서로에게 감사하고 있다. 책 발간에 이르기까지 참으로 수고가 많았고, 앞으로도 서로 응원하며 긍정적인 변화를 이루어가길 바란다.

2023년 5월 말,
엄마, 작가가 되다 3기 멤버 최은영

쓰다 보니 나를 만났습니다

초판 1쇄 발행 2023년 6월13일
지은이   김묘진 박정은 서수경 윤연중 정은경 최은영 (가나다 순)

팀 리더 : 윤연중
표지 디자인 : 박정은, 정은경
내지 편집 : 김묘진, 박정은, 정은경, 최은영
홍보 : 김묘진, 서수경, 정은경
유통/회계 : 윤연중, 최은영
기획/감수 : 장효선

문의 : saeroee@gmail.com

펴낸곳 퍼플쉽
출판등록 제 2023-000007호
주소 서울 서초구 신반포로 47길 9-11
이메일 purpleship@gmail.com
인스타 @purpleship.haskka
ISBN 979-11-983463-0-8(03810)